新 潮 文 庫

根をもつこと、翼をもつこと

田口ランディ著

新 潮 社 版

7982

根をもつこと、翼をもつこと　目次

根をもつこと、翼をもつこと

真夏の夜の夢

屋久島《やくしま》で、唄《うた》歌いの女性に出会った。

屋久島ではずいぶんいろんな人と会ったけれど、彼女の印象は特に強い。バンドを組んでジャズを歌っているとのこと。いっしょに森を歩いたとき、深い霧のたちこめる苔色《こけいろ》の谷で、彼女は「アメイジング・グレイス」という古い賛美歌を歌ってくれた。濡《ぬ》れたビロードのようなスギゴケの上に腰を下ろして、私は彼女の歌を聞いた。その歌声は、霧雨と共振して、原生林に降り注いでくる。私の頭上に、木々の梢《こずえ》に、ひかりのあめとなって降りてくる。

切り株の上に立って歌う彼女は、降臨したマリア様みたいだった。

こんなふうに、誰かが自分だけのために唄を歌ってくれたのは初めてだ。音楽は慈愛だと思った。厳粛で幸せな不思議な時間だった。

帰り道を歩きながら、なぜか彼女が広島の話をしてくれた。

「三年前に、友達といっしょに初めて広島を旅行したのね。広島って行ったことある？」

修学旅行で、と私は答えた。

「昼間はお好み焼きを食べたり、平和記念資料館に行ったりして過ごしたの。とてもいい天気の日で、楽しかったよ。だんだん日が暮れて、夕食を済ませてみんなでホテルに帰って来たら、なんだかひどく息苦しいの。胸が締めつけられるみたいで、怖くて、恐ろしくて、心臓がドキドキしてたまらない。居ても立ってもいられなくて、気がついたら私は黒いパジャマを着ていて、爪《つめ》も黒いマニキュアを塗っているのね。無意識のうちに荷物のなかに黒いものを入れてきたみたいなの。友達はびっくりして私を止めるのだけど、私は気持ちが昂《たか》ぶっていて人の言葉なんか聞こえない。一人で夢中でお化粧してるの。死人みたいに。口紅まで黒く塗って。そうしなくちゃいけない気がして。しっちゃかめっちゃかで、半狂乱だった。散歩してくるって、一人でホテルを出て、黒ずくめの格好で、夜の広島の街を彷徨《さまよ》って、気がついたら、川べりの道を泣きながら歩いてた。なんでこんなに悲しいのかわからなかった。目に見えない重たいなにかに押しつぶされそうで、ずっと胸を両腕で庇《かば》ってた。それでも、口や鼻から、密度の濃い空気が身体《からだ》の中に入って来て、悲しくてたまらない。悲しみで押しつぶされそうだった。友達が見つけて無理矢理ホテルに連れ戻してくれたけれど、私はずっと、朝まで泣いていた。理由もないのに。変でしょう？」

どう答えていいかわからず、私は黙って頷《うなず》いた。

「あれ以来、怖くて広島には行けないの」

少しエキセントリックなところのある子だから、広島の悲惨な過去に過剰に反応してしまったのかもしれないな、と思った。

「私は、広島には修学旅行で行ったきりだけど、何も感じなかったなあ。もう一度行きたいとも思わないよ。だだっ広い平和記念公園を歩いて、退屈だった。原爆のことも、特に怖いと思わなかった。その時は思ったかもしれないけど、すぐ忘れちゃったな」

彼女はため息をついた。

「それが、普通だよね」

私たちは再び会うこともなく、歳月が過ぎた。彼女のこともめったに思い出すことがなくなった。もちろん広島のことも。

ところが、いきなり、私と広島は関わることになる。

「田口ランディさんの目で見た八月六日の広島を撮りたい」

広島テレビのTさんは真顔で言うのである。

そんなマイナーな企画が本当に番組として成立するんだろうか、って思ったけれど、なぜかふと、屋久島で出会った唄歌いの彼女の話を思いだした。

広島が怖い、と彼女は言った。

彼女が広島で感じたもの、それを、知りたいなと思った。もちろん、同じものを私が感じるかどうかなんてわからない。それでもいい、私はなぜか彼女の語った広島の思い出を忘れることがなかった。きっとそれが、私にとって意味のあることだからだ。

「私は、戦争のことも、原爆のことも、ちっとも興味ありませんでした。広島も、修学旅行で行ったきりなんです。そんな私で、いいんですか？」

広島。

人類史上初めて原子力爆弾が投下された街。その歴史的記憶は私の中ではすっかり風化して、セピア色に変色した写真みたいだった。それなのに、唄歌いの彼女が語った広島だけは、屋久島の森の空気といっしょに私の中で息づいている。私にとっての広島は、屋久島の森の中にあった。

「いいんですよ。ランディさんが発見した広島を僕らも見てみたいんです」

私が新しい広島を発見する？　そんなこと、できるんだろうか。でも、行きたいと思った。無性に。わけもなく。行きたいと思ったのだ。

（人間が虐殺《ぎゃくさつ》されたような悲惨な歴史と向きあうと、苦しくて自分が壊れてしまう）

あのとき、彼女はそんなことを言っていた。広島という街に起こった歴史を、時空を越えて感知したのだろうか。まさか。でも確かに「自分が壊れてしまう」と怖《おそ》れていた。

感受性がなければ人は他者の苦しみを想像することができない。でも、優れた感受性は他者の苦しみによって自分をも破壊する。

だとしたら、私たちは、自分を破壊するほどの恐るべき悲惨と、どうやって向きあえばいいのだ。そんなことを、考えながら、私は広島に向かっていた。

着いてみると、広島は緑の多い美しい街で、原爆のツメ跡なんてどこにもなかった。国際平和文化都市広島は、田舎者の私から見たら大都会だ。

グラウンド・ゼロと呼ばれる爆心地には病院のビルが建っていた。何の変哲もない賑《にぎ》やかなビル街の路傍に「原爆投下地点」という石碑がぽつんとある。

街は原爆のことも、戦争のことも忘れたがっているみたいだった。過去を凌駕《りょうが》するように大地にコンクリートを張り、そしてたくさんの木を植えた。建物を建てて、そして戦争の記憶は平和記念公園のある中洲《なかす》に隔離した。何も特別なものは感じない。そもそも私には唄歌いの彼女のような感受性がないんだろう。お好み焼きと海産物が美味《おい》しかった。夏の緑がきれいだった。道が広かった。川がたくさんあった。けっこういい街じゃん。それが広島の印象だった。

「どうですか、広島の印象は？」

マイクを向けられて、私は口ごもった。

「なんていうか、すごく、整然としてる」

そんなことを答えたように思う。


二〇〇〇年八月六日、午前四時。

私は広島平和記念公園の入り口に立っていた。

まだ夜明け前。真っ暗。でも、すでに慰霊碑の周りは報道陣でいっぱいである。慰霊に来られる方よりも遥《はる》かに報道陣の方が多い。

暗いうちに広島テレビのスタッフとホテルのロビーで待ちあわせた。眠い。あまり寝られなかった。起きたのは午前三時過ぎ。前日から続いているVTRの撮影でかなり疲れている。顔がむくむ。こんな顔がテレビに映るのは嫌だなあ、と思う。

一九四五年八月六日、広島上空、島病院の真上に原爆は投下された。

その事実は知ってはいる。でも、広島の地に在りながら、私は身体でその事実を受け止めることができない。頭は必死で「凄《すご》いことが起こったんだぞ、もっとおののけ」と命令するのだけれど、実感がない。身体感覚が伴わないのだ。

広島テレビのスタッフに先導されて、真っ暗な平和記念公園へと入って行く。巨大な葬儀場みたいな入り口だ。長い長い石畳が慰霊碑に続いている。やだな、と思った。私はあまりこの公園が好きじゃない。なんだか無機質でひどく乾いた印象を受ける。

慰霊碑の先には「平和の灯」が燃えている。その先には原爆ドームが見える。ドームと慰霊碑は直線で結ばれている。こういうストレートさも、私はあまり好きじゃない。直線的なものに威圧感を感じる。曲がっていたり、丸かったり、隠れていたりするものに安心する。不連続なものに心を許せる。もちろんそれは私の個人的な趣味にすぎない。私は個人的に平和記念公園が好きじゃないだけだ。

「合図したら、石畳をこちらに向かって歩いて来てください」

とTさんに指図される。石畳の両サイドの芝生は、八時から始まる平和祈念式のためにパイプ椅子《いす》がびっちりと敷き詰められていた。

二十年前にここに修学旅行で来た時に、バスガイドさんが言っていた。

「この石畳の下はかなり深くまで掘り起こしており、遺骨を収集しております。しかし、あちらの芝生の下にはまだ被爆者の遺骨が埋もれています。掘っても掘ってもご遺体が現れるのです」

ショックだった。だから今だに覚えているんだろう。

その芝生の上に整然とパイプ椅子が敷き詰められている。妙な感じだった。

慰霊碑のそばまで近づくと、報道のビデオカメラが一斉に私の方を向く。すると広島テレビのディレクターが「うちのゲストなので撮らないで下さい」と言う。

真っ暗な中、記念公園の慰霊碑に向かって手を合わせる。ふいに正面からフラッシュを焚《た》かれた。目をこらすと、二人のカメラマンが縮こまって慰霊碑の両隣に陣取り、祈りを捧《ささ》げるすべての人を真っ正面から撮影していた。

「何するんですか」と、怒鳴ると、カメラマンの二人は少しバツの悪そうな顔をした。

遺族の方たちは静かに祈りたいために夜明け前に来るという。その人々を、慰霊碑の陰に隠れて真正面からフラッシュで撮影するとは、どうかしている。

「なんですかアレ。あんなことしていいんですか？　遺族の方に失礼じゃないですか？」

憤慨する私に広島テレビのTさんはマイクを向けた。

「イヤですか？」

「イヤです。あれで祈る気持ちになれると思いますか？」

「そうですよね」

とTさんは少し寂しそうな顔をした。

「でも、毎年こうなんですよ」

Tさんは困ったな、という顔をする。自分も毎年そういう報道陣に混じって取材をしているからだろう。そして、私も今回は自分がその一員であることに気がつき、複雑な気分になった。報道しなければ、原爆は忘れられてしまう。今や、ハチロクの原爆特番の視聴率は最低だそうだ。「もうみんな戦争のことなんて思い出したくないんですよ」とTさんは語っていた。

そりゃあそうだ。私だって、できれば思い出したくない。思い出さなくても生きていける。でも、じゃあなんでここまで来てしまったんだろう。わからない。悲惨な過去を知ることの意味はなんだろう。未来のため？　二度と戦争を繰り返さないため？ほんとうにそれだけなのだろうか。

「お花、献花しないんですか？」

私は献花用のお花を持参していた。トルコキキョウとコスモス。

「しません。記念公園で祈る気分になれない。ここは祈りの場所だと思えない」

公園の中は「明日の紙面を飾る写真」を探して歩く各新聞社のカメラマンがいっぱいだった。この広島の街には、祈る場所なんてないじゃないか、ってなんだか私は怒っていた。街はあらゆる記憶を封印して、唯一《ゆいいつ》、この殺風景な公園の中と原爆ドームだけに歴史を委《ゆだ》ねている。でも、なんだか心が鎮《しず》まらない。平和慰霊碑も、原爆の子の像も、原爆ドームも、落ち着かない。どうにもその場所にひざまずくことができない。しっくりこない。どの場所も、私にとって自然じゃなかった。意図して作られたものの前で祈ることが、私にはうまくできない。

私は原爆ドームの対岸の堤防に降りた。そこはテラスになっていて、ちょうど海からの潮が引いたところだった。ここから見える川とドームの風景が好きになったのだ。川面《かわも》の近くまで降りたら、世界が急に静かになった。

「田口さんはこの場所がお好きなんですね」

「うん。広島の町のなかで川が一番好き。川に降りるとすごくほっとする」

「それはなぜでしょうね?」

「なぜって……。川って原爆が落ちる前も、今も変わらずあるでしょう。この町のなかで不変なものの一つでしょう。だけど川の水はいつも変化してる。不思議だよね。つねに変化し続けているのに、不変なんだもの」

お線香を焚いて、それから花を川に流した。トルコキキョウとコスモスが下流へと流れて行く。下流へ、そして海へ。

流れるものに憧《あこが》れる。

すべてを水に流す。

いろんなイヤなことも水に流して来た。そんな風に生きてきた。忘れたわけじゃない。私のなかにすべては蓄積されている。だけどそれにこだわらずに流して来た。いいことも、いやなことも流れ流れていつしか海にたどりつき一つになる。それは、雨となって、また私の頭上にふりそそぐ。あの屋久島のひかりのあめのように。すべてはひとつになって、ふたたび帰ってくる。

花を流していて、気がついたら歌をうたっている。

自分でもびっくりしたのだけど「ふるさと」を歌っている。

なんでこんな歌を自分が歌っているのかさっぱりわからない。でも「兎《うさぎ》追いしかの山、小鮒《こぶな》釣りしかの川」と、歌っている。


山はあおきふるさと、水は清きふるさと。


十五年近く、歌ったことのない歌だった。あんまり好きじゃない歌だった。でも、花を流しながら私は歌っていた。

それから、ミネラルウォーターを川に流した。

平和記念公園を歩くとものすごくのどが乾く。

八月六日は、いつもとても暑いんですよ、と広島の人たちは言っていた。センチメンタルは嫌いなのに、なんだか悲しくなった。この川で遊んだであろう人たちの気持ちが自分にシンクロしてきて、この場所を好きだったろう人たちの気持ちと自分が同調してきて、せつない。

「どうして花を川に流されたんですか？」

って聞かれた。そんなの自己満足に決まってる。

「こんなこと自己満足にすぎないですよ。だけど、自分を満足させなかったら何も始められないもの。自分が納得できなくて、それで人のために何かするなんて私にはできないもの」

そうだ。私は感情的で自己中心的な女だ。だけど、自分が満足して納得してる時は力が出せる。自分が納得できないときは一歩も踏み出せない。八月六日の広島で、川に花と水を流して「ふるさと」を歌う。こんな行為は自己満足に決まっている。私は戦争を体験していない。だけど、ここまでやってきた。私が来たのは、ここを描くためだ。言葉を使って書くためだ。だとしたら、自分がひとつひとつ納得していくしかない。

夜が明けてきた。八月六日が始まろうとしている。

午前八時。真夏の太陽がギラギラと平和記念公園に照りつける。一万人もの人が集まって来ている。平和記念公園は人、人、人、人だった。報道席である公園の右手から、私は式典の様子を眺める事になった。暑い、炎天下の一時間。この公園は本当にのどが乾く。慰霊碑の裏は長方形のプールになっているけど、水で潤《うるお》っているという印象がまるでない。この慰霊碑の周りは潤いがない。直線的で乾いている。

開会の挨拶《あいさつ》があって、献水……が行われる。水を求めて死んでいった被爆者のために聖水を献水するのだそうだ。水を竹の水槽に入れる。もっとぶちまけろ、と思う。ここは乾きすぎている。そんな量の水じゃ、この石は潤わない。もっと水が欲しいと思う。この公園に水場は一つしかない。それもあまり水を意識されて作られていない。

献花が始まると、地元の生徒たちによる音楽演奏が始まった。その音楽を聞いたとたんに私はでんぐり返りそうになった。それは……なんというか、その……、怪獣映画で、ゴジラが登場する時の音楽のようだった。暗く沈んだテンポで短調の不安げな音楽が続くのである。今、まさに闘いが始まりそうな、そんな印象の音楽だった。

「な、なんですか？　この音楽、怖いよ」

私がそう言うと、Tさんが「怖いですか？」と言う。

「怖いですよ、ずっとこの音楽なんですか？　怪獣映画の闘いの前の音楽みたいだ」

この曲のタイトルは「祈りの曲」だそうだ。この曲じゃあ祈れないって思った。でも、ずっと式典では使われてきた曲なんだって。

「田口さんに言われて初めて気がついたけど、たしかにこの曲は怖いですね」

この怖さに気がつかなくなっちゃうんだろうか？　それとも私が変なのか。

「坂本龍一《りゅういち》さんとかが、祈りの曲を作ってくれたらいいのに。それだけで式典が変わるのにね。せっかく子供たちが演奏してくれているけれど、この曲は、祈りの曲じゃないよ。私には恨みの曲に聞える……」


森総理の挨拶。顔も上げないで紙を読んでる。言葉が届かない。発せられたとたん、アースレッドを浴びた蚊みたいにバタバタと言葉が死んで落ちる。スピーチが終わっても、外国人席からしか拍手が起こらない。

子供の平和宣言。子供代表の二人が交互に原稿を読む。「残された人々はもう二度とこんな過《あやま》ちは繰り返しませんと誓って、復興してきました……」それは大人から聞いた話であって、子供たちの体験じゃない。子供たちの姿が一生懸命だからよけいに苦しい。子供たちが子供たちの言葉で語ることを大人が奪っている。子供に全部まかせたらいいのにな。そしたら子供たちは大人がはっとする凄いことをしゃべるのに。

広島市長の平和宣言。「一本の鉛筆があれば、何よりもまず人間の命と書き……哀悼の誠を捧げます」。市長の挨拶の中には一言も「わたし」という言葉がなかった。

いつも「私たち」であり「我々」であり「人類」であり「人間」である。じゃあ、あなたは誰なのだ。あなたの心はどこにあるのだ。「私」はどこに存在するのだ。あなたは誰で、誰のために平和を誓っているのだ。そんなことを茫然《ぼうぜん》と考えていた。びっくりした。市長の平和宣言にすら拍手は起こらなかった。言葉が死んでいる。広島では音楽も言葉も力を失っている。

式典がすべて終わって、それからたくさんの人たちが慰霊碑に向かってお花を捧げ手を合わせた。こんなにたくさんの人たちの祈りが一瞬にして飲み込まれていくほど暑い。公園内では全国から集まったさまざまな団体のイベント、パフォーマンスが行われている。さながら平和祈念ジャンボリーといった風情《ふぜい》だった。

すべての撮影を終えて、結局、私には広島がちっともわからなかった。

この街のこと、戦争のこと、原爆のこと。伝えるべきものは何なのか。この街の歴史をどう語り継ぐことができるのか。いわんやそれが必要なのか。まるでわからなかった。何を書いていいのかも、わからなかった。とほほだ。

私は、いったい、何をしに広島に来たんだろう。

するとTさんが言った。

「夜はまた、別の顔の広島がありますよ」

日が落ちて灯籠《とうろう》流しが始まる頃、私は再びTさんと平和記念公園の原爆ドームの対岸にやって来た。

川べりを歩いて来ると、なんだか、昼間とは違う風景になっている。プラカードを持つ団体や反戦の演説の人々はどこかへ消えていた。

「昼間にたくさんいた平和運動の人たちはどこへ行ったんですか?」

「たぶん長崎へ移動してしまったんでしょう」

Tさんの答えに、私は大笑いした。

夕暮れ、平和記念公園へ続く川べりの道は灯籠流しを楽しむ人々で華やかだった。少女たちが思い思いの浴衣《ゆかた》姿で手を繋《つな》ぎ歩いていく。家族連れ、恋人同士、みな気持ちのよい夏の宵を楽しんでいる。

川面を幾百もの灯籠がゆらゆらと流れて行く。その対岸にはキャンドルライトに照らされた原爆ドームが見える。あかあかと揺れるそのシルエットは朽ちた教会のような荘厳《そうごん》さだった。群青色《ぐんじょういろ》の夏の夕闇《ゆうやみ》のなかに、たくさんの火が灯《とも》され、それを人々は楽しんでいたのだ。

流れ行く火、ドームを照らす火、無数の火。

八月六日の夜、広島に火が灯る。すると世界は一変した。

無数の火を灯し、流し、それを死者と共に楽しんでいた。ほんとうに、美しい、夕闇の景色だった。

真夏の夜の夢のような、美しい光景だった。

ふと、どこからか、バッハの「チェロのための無伴奏組曲」が流れてくる。

「あ、わたしこのCD持ってる。ヨーヨー・マの演奏の。すごく好きな曲」

おごそかなチェロの響きが灯籠流しの雑踏のなかに流れこんでくる。調べは世界に満ちていく。慈愛のように。夕闇、人々のざわめき、水面に映る灯籠の淡い影、キャンドル、神秘的なドームのシルエット、そしてチェロ。

音に誘われるように、私は人込みのなかを原爆ドームの対岸へと漕《こ》いでいく。

雑踏のなかで、誰かが囁《ささや》いていた。

「ヨーヨー・マが、即興で演奏してるんだって」

私は驚いて人込みをかきわけて、橋の上から護岸を望む。遠くに一人の男が、チェロを弾いているのが見えた。引き潮で護岸に作られた遊歩道がいつもより高く見える。

私が花を流した、あの護岸のテラスに彼はいた。川に向かって、無心にチェロを弾いていた。

ほんとうに、ヨーヨー・マ、その人だった。


そのとき、幻影を見た。


死んでいったたくさんの人たちが、岸辺を歩いている。みなそれぞれに夏の宵を楽しみながら、浴衣を着て、うちわをもって、子供を肩車して、わたあめを食べて、夕涼みをしながら光る川面を眺めている。それらの人々の姿は半透明だ。現実を生きている人々と、この世界をすでに去ったたくさんの人々の思い出が、真夏の宵に交差して、すれ違っている。

無数の火が、呼び寄せたイリュージョン。

私には確かに見えた。生きている人も、死んでいった人も、みな、この美しい灯籠流しの夜を楽しんでいた。時空を越えて、世界は一つに結ばれていた。

私にだけ見える幻影なのだろうか、この、無数の存在しない人々を、見えている人はいないのだろうか。

チェロの音色がどうやら、死者と生者をこの瞬間に引き寄せているようだ。音楽はその本来の力を取り戻し、この世界の位相を変えてしまった。
生きるものも、死せるものも、蘇《よみがえ》り、たったひとつの音色によって結ばれていた。

死のなかにある命

「原子爆弾によって、この五十五年間に二十三万人が亡《な》くなったんです。だから、二十三万人分の顔写真を集めてみようと思いました」

Kさんはそう言うのだ。

彼女自身も被爆し、家族を原爆で失っている。特に彼女のお姉さんの一人は、いまだ遺体すら見つかっていない。どこで被爆してどのように亡くなったのか、ようとして知れない。ずいぶんと手を尽くして探したけれどわからない。もう一人のお姉さんは、救護所で発見されて自宅に戻ってきたけれど、火傷《やけど》に蛆《うじ》がわいて手の施しようもなかった。蛆を火傷からひっぺがすと痛くて泣き叫んだ。「でも他に治療法がなかったから」と、家族は蛆を拾い続けた。高熱が続き、次第に衰弱し、亡くなったそうである。

二〇〇〇年の六月、突然に広島テレビから「今年の八月六日の平和祈念特別番組の進行役に……」というお話をいただいた。これまでテレビの仕事は全部お断りしていたのだけれど、なぜか広島が気になってお受けした。私にとっては修学旅行以来、ほぼ、生まれて初めてと言っていい広島だった。

で、最初に取材に訪れたのが「ピースコラム・プロジェクト」のKさんのお宅だったのだ。彼女は女子美術大学の卒業生制作展の一環として、この「ピースコラム」という「顔写真の円柱」の制作を思いついたそうである。

ピースコラムとネーミングされた直径八〇センチほどの円筒に、切り抜かれた無数の顔写真を配置する。一つの円筒に、約二万〜三万人の顔写真が貼《は》ってあった。プロジェクトの噂《うわさ》を聞いて、鳥取や大阪からも写真を送ってくださるそうだ。小学校の一クラス分の顔写真、どこかの企業のワンフロア分の顔写真、結婚式の集合写真。いろいろある。みんな笑っている。いま、この時代を生きている人たちの顔だった。

私が伺った時は、およそ二十万人分の顔写真が集まっていた。一気に二十万人の顔写真を眺めたのは生まれて初めてだ。圧巻だった。まったく世の中にはなんとたくさんの人が生きているのやら、と思った。私は神奈川県湯河原町に住んでいるけど、この町の人口が約二万人。円柱ひとつ分である。二万人の顔をざらざらと眺める。

顔、顔、顔、顔、顔。不思議だ。ひとつひとつの顔を見ていると、その人の生い立ち、人生が垣間《かいま》見《み》えてくる。年齢、性別、髪形、顔色、特徴。そこから瞬時に情報が入ってくる。それなのに、ほんの少し離れて見ると、顔で埋まった円筒は人間味が消えて、まるで蟻塚《ありづか》のようだ。

「どうですか？　感想は？」

Kさんが振り向く。

「なんか見てるとぐらぐらします。変な感じ」

狭いアトリエの中には貼り付ける前の写真が散乱している。顔、顔、顔。

「みなさん、そうおっしゃるんですよ」

たくさんあると、人間が取るに足らないものに思えてくる。

「一人一人の顔を眺めると、ちゃんと人間に見えるのに、全体を見ると、なんだか蟻塚みたいに生き物がうじゃうじゃいる感じ。こんな風に人間が虫みたいに見えたら、きっと殺虫剤をまくみたいに原爆を落とせるのかもしれない」

五十五年前、確かな事実として、二十万人の上に原爆は落ちたのだ。

人間ってさ、考えたらみんないつか死んでしまうのだ。

「人は死ぬ、いつか死ぬ、絶対死ぬ」オウム真理教のサティアンにはこの標語がいたるところに貼ってあるそうだ。オウム信者のドキュメンタリー映画を撮り続けている森達也監督が教えてくれた。

「最初に印象に残ったのはサティアンのいたるところに『人は死ぬ、いつか死ぬ、絶対死ぬ』って言葉が書いて貼ってあることだったな」

森さんは、私の飲み友達である。

「『人は死ぬ、いつか死ぬ、絶対死ぬ』かあ……、それすごいですね」

「うん、それを日常的にみんな見ているわけだよね、それはある意味で、今を生きるということと直結している。僕はサティアンの中の日常のすべてを否定しようとは思わない。『人は死ぬ、いつか死ぬ、絶対死ぬ』それは僕らがなるべく見ないで生きていこうとしていることだけど、それを見ないで生きることが本当に生きていることなのか……。死というのは、社会のなかでもっと見つめていかないといけないテーマだと思うんだけどね」

「そうだよね。間接的ではあっても、霊とか、オカルトとか、ホラーとか、そういう世界のなかで死を見つめてたとこってありますよね。でも今はそれすらもなんとなく禁止されている感じがある。みんなが知りたいと思うことに、いろんな答えがあっていいのに、すべての答えを陳腐化させちゃったようなところがある。宗教も、オカルトも、なにもかもいっしょくたに科学の前で陳腐化させて、魔法を解いてしまった。次の時代にはそれらがまた新しい科学と共に再生するのかもしれないけど……」

森さんは、麻原という人物は、みんなが知りたいと思っていることに答えを出した人物だ、と言うのだ。

「いい悪いという議論は置いておいて、麻原は答えを出した。みんなが知りたいと思っていたことへの答えを出した。生きるとはどういうことで、自分はなぜ生まれてなぜ死ぬのか、死んだらどうなるのか。生まれてくる前は何だったのか。この世での自分の生きている意味は何なのか。それはみんなが本当に知りたいと思っていることでしょう」

答え、答え。

そうだ、この原稿も編集部からその答えを出してほしいと言われて書いている。

みんな答えが欲しい。メディアも、若者も。

いつか死ぬのなら、なぜ今じゃいけないんだろう。

どうせ、いつか死ぬのだから、今、死んだって同じじゃないか。人は突然死ぬのだ。それも自分の意志と関わりなくだ。だったら好きな時に死んだって同じじゃないか。

あるいは、殺したって同じじゃないか。どうせいつか死ぬのだから。いつか死ぬのを先送りしながら生きているのが人間だ。考えてみたらなんと空《むな》しい存在だ。死ぬために生まれてくる。人生の目的は苦労して生きた果てに死ぬことだ。虫と変わらない。蟬《せみ》より人生がちょっと長いだけじゃないか。そう思うことだってできる。ほんの少し視点を変えれば、生きている意味は簡単に揺らぐのだ。

「ヒロシマ・タイム」という作品を作り続けている、アーティストのHさんにお会いした。

Hさんは、不思議な時計を作っていた。

「ヒロシマに原爆が落ちた、一九四五年八月六日午前八時十五分を、ゼロとするんです。この時計の時間はその時から始まっています。だから今日は、五十五年一二月三〇日です。明日が大みそか、明後日が新年ですね」

真夏のうだるような暑さの広島で「明日が大みそかです」と言われて妙な気分だった。

「でも、なんだか、不思議。そうか、あさってが新年か、と思うと、妙な気分です」

「そうでしょう。時間はたくさんあるんです。一つの時間だけを使って生きなくてもいいように思います。いくつもの時間を使って生きることだって、可能でしょう」

確かに、そうかもしれない。

「アーサー・ケストラーという人をご存知ですか?」

「いいえ、知らないです」

「その人も同じことを言っているんです。『ホロン革命』という本のなかで、人類にとって最も重要な日は一九四五年八月六日だ、って。広島に原爆が落ちるまで、人間は個としての死を予感しながら生きてきたけど、広島に原爆が落ちてからは、人間は種としての絶滅を予感しながら生きていかなくちゃならなくなったって。だから、彼は一九四五年をPH元年、ポストヒロシマ元年って呼ぶんです」

「へえ、そうなんですか。僕の場合はそれほど難しいことを考えてたわけじゃないですけどね」

Hさんの作った時計はデジタル表示で、一分ごとに数字が変わる。

「でも、私、この作品好きですよ。なんだか、私のなかでもヒロシマ・タイムが動き出した気がする。これから、私はきっと死ぬまで、八月六日が近づくと、ああもうすぐ新年だなあって思うと思う。私にとっての新しい時間です」

ヒロシマで体験することは、みんな妙だ。眩暈《めまい》がするような不思議な感じ。見ようによっては壺《つぼ》なのだけど、別の見方をすると人の顔に見える絵、そんな絵を見たことはないだろうか。壺に見えるのが図で、図以外は地だ。ところが地に視点を当てると顔に見えてしまう。壺に認識の視点を置くと、顔は見えない。顔に認識の視点を置くと壺の方が見えない。人間は一度に一つの認識の視点しかもてない。そのようにプログラミングされている。だから、図を見ると地は見えないし、地を見ると図は見えない。

あの壺の絵を見せられたような、変な感じだ。

ここでは二つのものが同時に見えそうで、見えない。

それを繰り返していると、人間って何なのかわかんなくなって、遠近感が失われてぐらぐらするのだ。この眩暈、この不安こそ、いまという時代の不安のような気がする。

だから、麻原は弟子たちに答えを与えたのだ。

ひどく近視眼的な答えだったとしても答えは答えだ。信者はそれにすがったのだ。不安から逃れるために。

それにしても、なぜ生物は生命のプログラムのなかに「死」を組み込むことを選択したのか。

命は連鎖することによって永遠まで届こうとしたのだろうか。だからこそ、生物はその起源に〈永遠への手段〉として「死」を組み込んだのだろうか。「死」による命の連鎖によって、「生物」としての人間は数十億年の果てに、私という存在をここに在らしめている。生物は戦略として「多様性」と「死」を選択したのだ。

それは命の起源における選択であって、人間の心の領域の選択ではない。

だから人は「なぜ死ぬのか」を心で考えることはできないのだ。

〈生きること〉は「個人の心」の領域に深く関わる。

だけど〈死ぬこと〉は違う。心が生まれる以前に死はすでにあった。だから「個々」にとって「死」は謎《なぞ》として残される。

被爆者のKさんにお会いした。

自称「世界一元気な被爆者」だそうだ。十四歳のとき、爆心地近くで被爆し、黒い雨にも当たったが原爆症になることはなかった。七十歳を越えたが、病気一つしたこともないと言う。

「私は子供の頃は病弱だったんですけどね、でも、被爆してから健康になったくらいです」

現在は広島近郊に一人住まいをしていらっしゃる。

「ずいぶん前ですけど、海外旅行に行ってアメリカの方と親しくなりました。いっしょに旅をしていて、話の流れで私が広島に住んでいて、原爆で被爆していると言ったら、急に彼はこう言ったんです。パールハーバーに行ったことはあるか、って。最初、なんのことかよくわからなかったんですよ。ピンとこなかったというか。で、しばらくしてから、ああ、戦争のことを言ったのかとやっとわかりました。ショックでした。私は彼を責める気もなく、ただ、なんとなく話の流れで被爆のことをしゃべったのですが、アメリカ人の彼は、自分たちは悪くない、パールハーバーに奇襲したのはそっちだろう、ということを言いたかったのでしょうね。それから、私はどこへ行ってもこう言うことにしたんです。私は広島で被爆したけどこんなに元気です。原爆を受けたけどぴんぴんして生きてます、って。ヒロシマというと世界中の人が知ってるくらい有名なんですね。そして、私がヒロシマから来て、原爆を浴びたけど元気だと言うと、みんながとても喜んで、そして握手してくれるんです。だから私は、原爆の悲惨さを訴えることはやめました。原爆がどれほどのダメージを与えるか、そのことを宣伝したら、よけいに世界中が原爆を手にしたいと思うでしょう。でも、原爆で殺せない人間もいる、原爆で吹き飛ばした町も二年で復興する。そのことを知らせれば、原爆など落としてもムダだと思ってもらえるんじゃないでしょうか」

こういう方もいらっしゃるのか、と私はまじまじとKさんを見る。

本当に、元気なのだ。精気が身体《からだ》からあふれ出しているみたいだ。音楽や山登りが趣味で、しょっちゅう旅行している。友達も日本中にいるそうだ。ユーモアがあり、言葉が若々しい。

原爆投下後、広島の街は、七十年間は草木も生えないと言われた。ところが三カ月後には雑草が生え始め、一年後にはバラックが建ち並び、人々の生活が始まっていた。当時の写真を見ると、人間とはなんという復活の力をもっているのかとあっけにとられる。被爆して死ぬ人もいる、でも生きて暮していく人もいる。人は個別であり多様である。その多様性を生物に与えているのは「死」だ。個が死ぬことによって生命は永遠に連鎖していく。広島の街に行くと、その事実を見せつけられてせつない。

「死って、何なんでしょうか。なんだかいろんなことがわからなくなってきました。

考えてみたら、被爆した人も、そうでない人も百年も経《た》てばみんな死んでしまうんですよね。百年後には、今を生きている人間はほとんどいなくなる。そんなちっぽけな存在なんですよね」

「死なない方がいいと思いますか？」

「どうだろう、ずっと人間が増え続けたら、地球はパンクしてしまうし」

「死は、生命が選択したことです。だから心で答えを出すことはできないでしょう」

うすうす感じていたことをKさんに言い当てられた。

「そうなんでしょうか？」

「そうです。生命は死を選んだんです。それは永遠の連鎖のためです。人間の心が選択したわけではない。心は死について知りません。だからいたずらに不老不死を望んだりする。でも、もし人間が永遠に生きるほど強い種なら、自らを増殖させていけばいいだけです。多様化する必要はありませんでしょう」

「がん細胞のようにですか？」

「そうですね、みんな同じで永遠に生きればいいのです」

「死んでいくから、命が連鎖する……」

「そうですよ、死のなかに命があるんです。そのような方法を、生命の起源において選択したんです。だから、死と生は、一対なんです」

プログラムとしての死。

それは私たちの細胞レベルの中に組み込まれている。そして、意識はその理由を知らない。意識は私について何も知らないんだなあ、って思った。種としての私、生物としての私のことを、意識は何も知らない。意識が知っているのは「日本人として生まれた私」であり、「社会のなかで生きていく私」だけだ。

「中性子は、人間を原子レベルで破壊するんですよ」

平和記念公園の中にある原爆資料館で、哲学者のO助教授は説明してくれた。

「遺伝子も引き裂かれます。生命の記憶そのものを破壊するから恐ろしいです。そこには、いろんな情報が入っています。生命の自己治癒能力の情報も、ホメオスタシスの情報も入っています。それを壊されてしまう。そのような生物レベルでの暴力をヒロシマは初めて受けたことになります。戦争というのは、それまでは人間レベルの戦いでした。種に対する暴力はヒロシマが初めてなんです」

種に対する暴力……。

「そういうふうに考えたこと、なかったなあ……」

「遺伝子は眼に見えないし、人間は自分が生物であることを忘れてますからね」

「だから死のことを忘れてるのかな」

「というか、生物にとって死は死ではなく、種の保存そのものなんです。人間のような意識をもたない生物にとって、死は死ではなく生命の掛け橋のようなもの、連鎖の一環なんです。個体の死を悲しむのは、ごくわずかな生き物にすぎません」

心とは無関係に、生物である人間は死をもって永遠を目指しているのか。人間ってやっかいな生き物だなあ。

「核が恐ろしいのは、生命連鎖を破壊するからです」

「連鎖の破壊、ですか……？」

「つまり、それは、死ではなく、種の消滅なんですよ」

ヒロシマの平和祈念式では死者への誓いが叫ばれる。

「二度とこのような過《あやま》ちを犯さぬように、努力します」

みんみん蟬の鳴く平和記念公園にも、その外の広島の町にも、すでに戦争の傷跡はない。

「この町って本当に、原爆が落ちたとは思えないほど立派できれいだよねえ」

式典の終わった人込みに混じって、私は川沿いの道を原爆ドームに向かって歩く。なんとなく、公園内はお祭り気分だ。たくさんの平和団体、NPOの集会が開かれている。

「実験だったからですよ」

いっしょにいた、精神科医のM君が言った。

「え?」

「広島・長崎は実験場ですから、本気じゃなかったんです」

なんとなく、真夏なのにぞっとした。

「本気になったら、どうなるの?」

「きっと地球ごとぶっ壊すんじゃないですか?」

「そんなことしたら、みんな死んでしまうじゃない」

「そうですね」

「なんのために、そんなことするんだろう」

M君は、少し絶望したように言った。

「わかりません、人間のやることは、なんだってありですから」

M君の言う通り、人間はきっとアンバランスな生き物なのだ。それでも、ヒロシマを何らかの形で表現しようとする人たちがいて、その人たちは必死で、なにかのバランスをとろうとしていた。個々はアンバランスかもしれない。でも、私たちはひとつの種である。そして種としての記憶を共有している。その記憶に導かれて、動いている。

たぶん、世界中で、もっともっとたくさんの人たちがバランスをとるために働いているのではないか、そんな予感がした。

その人たちに、会ってみたい気がした。

この旅は、長い旅になりそうだ。

舟送り

内藤礼というアーティストの作品を初めて見たとき、私の目は彼女の作品を認識できなかった。なにが表現されているのか意味がわからない、というような前頭葉レベルの問題ではなく、私にはそれが見えなかった。見ることができなかった、ということだ。

それはただの白い紙だった。

だから、この作品は「白紙」という作品なのだろうと思った。でも、よくよく目をこらして見ると、なにかが描かれている。目というのは一点を長く見ることに不向きだ。同じ回路にだけ信号が送られると視神経は疲労してしまう。何度も目を休ませながら根気強く見つめる。すると、紙の白さのなかにぼんやりと浮き上がってくるものがある。球体だった。水滴のようなものが確かにそこに在る。驚いた。内藤さんは見えるか見えないかの「あわい」を描いていたのだ。

彼女のアートは、私の五感を総動員して研ぎ澄まさなければ感知できないような、微細なものを表現しようとする。ひとつひとつの作品は淡く弱いけれど、見る側につきつけてくる意志の強さといったらない。半端《はんぱ》な覚悟では見ることすらかなわぬのだ。

あるときふと、いったい私はどれくらい淡くものが描けるだろうかと思いたった。それで、内藤さんの真似《まね》をして色鉛筆で可能な限りに淡く丸を描いてみたのだ。当然のことながら、何度試してみても「あわい」は描けないのである。どのように力を抜いてみても「見えて」しまう。たぶん「見えないがごとく描く」というのは、並大抵の集中力ではないのだ。ぞっとした。内藤さんが紙に向かい、鉛筆を握り、とてつもない集中力で視覚の限界に挑むように淡い線を描いている、その様子を思い浮かべて、正直、背筋が寒くなった。

この世界のはかなさの極限に挑む。存在の際《きわ》に立つ。それは、転じてすべてのものに最も強い存在の力を与える儀式のような、そんな気がしたのだ。

とある編集者を通じて、内藤さんからの伝言が届いたのはまだ残暑も厳しい九月のはじめだった。

「舟送りを、見ていただきたいと、おっしゃっていましたよ」

京都の大山崎山荘で内藤さんの個展が開かれているのは知っていた。そして、開催中に二回ほど「舟送り」が企画されているのも知っていた。

内藤さんとは、その編集者を通じて面識があった。三年ほど前にいっしょに広島から瀬戸内海の直島《なおしま》へ一泊旅行をさせていただいた。当時、私は広島の原爆をモチーフに小説を書きたいと考え、取材のため頻繁に広島に通っていた。奇《く》しくも内藤さんが広島の出身であることを知り、なぜかその事実にひどくインスパイアされ、ぜひいっしょに広島に行けないものかと考えたのだ。

原爆という史上最大の暴力と、内藤礼さんの作品は対極にあった。内藤さんの作品は、たった一人の鑑賞者の無防備な声、怒り、笑い、そんな小さな衝撃にさえ簡単に破壊されてしまうほど、脆《もろ》く壊れやすいものなのだ。だけど、私はなぜか内藤礼という希有《けう》な表現者が、広島という土地から誕生したことが、まるでこの世の摂理のような、そんな気がしたのだった。

いっしょに広島の地を歩きながら、いったいこのか細い女性のどこに、存在の際に挑むような強い力が隠されているのか、さっぱりわからなかった。内藤さんは繊細な方だった。そして、はかないものを心から愛していた。彼女の目はいつもこの世界のあわいを見つめていた。移ろい変化するものの光や影を見て、ひとつひとつにため息をついて称賛するような、そういう方だった。

ようやく今年の夏から、原爆というテーマで短編小説の連作をはじめたのだが、どうにも思うように書けない。完全にテーマ負けしていた。こういう大文字のテーマを選んだこと自体が失敗だったのかもしれないと思った。原爆には、あまりにもたくさんの人間の念が付着している。その念に負けてしまう。毎月、締め切りの前は苦しくて、ほとんど机にへばりついていた。原爆をテーマに毎月五〇枚の短編を書く、これは私にとって修行のようだった。すっかり体調も崩してしまい、そうこうしているうちに、夏はどんどん過ぎていく。内藤さんの個展にも、行くつもりでいたのだけれど時間がとれぬままに秋になってしまった。

この三年は電話や手紙のやりとりだけで、お会いしていなかった。不義理をしているようで、ひどく気がとがめながら京都まで行く決意がつかずにいた。

そんな矢先、内藤さんからのとても淡い伝言が届いたのだ。こういうのを風の便り……と言うのかな。ふわりと、私の耳もとに届いたのだ。

「舟送りを、見ていただきたいと、おっしゃっていましたよ」

京都は暑かった。その日は昼過ぎから三〇度を越えたと聞いた。ゆるやかな木立の坂道を登りきると、英国風の洋館が現われた。休日のせいかたくさんの人が入り口に並んでいた。どうやら内藤さんの舟送りに参加する人たちらしかった。受付で名前を告げると黄色いシールをもらった。

私は坂道を歩いただけで疲れてしまい、とにかくどこかで休みたかった。すっかり夏バテしてしまっていたのだ。内藤さんの作品が展示されているという、新館の方へと真っすぐに進んだ。新館への階段を降りていくと空気がひんやりと冷たかった。円形の展示室の中央に、内藤さんの作品スペースがあった。周りをモネの睡蓮《すいれん》の絵がぐるりと囲んでいる。

入っていくと、そこに確かに、内藤さんの創《つく》った世界の、気配がした。どう言ったらいいのだろうか。内藤さんの「気」のようなもの。そのパルスを感じる。微細で静かなもの。宇宙のように静謐《せいひつ》で、張りつめたもの。内藤さんの作品の前に立ったときに必ず感じる、あの内藤さんの「気」が空間に満ちていた。

精魂を込める……と言うが、内藤さんの作品の前に立つとこの言葉の意味が腑《ふ》に落ちる。脆く、壊れやすく、儚《はかな》いもの、とてつもなく微細で、繊細なもの。そういうものを創るために、一人の人間が自分の命を削るようにして注意深く、一心に、全魂を注ぐのだ。そのときにほとばしる神聖なパルスを感じることが、私が内藤さんの作品に触れるときの大きな歓《よろこ》びだった。

小さな展示スペースの前は、作品を覗《のぞ》き込む人たちで混みあっていた。人影から垣《かい》間《ま》見《み》ると、白い空間のなかに小さな器のようなものが並んでいた。あれが舟なのだなと思った。泥をこねてつくったらしい直径二センチくらいの丸い舟だ。舟のひとつひとつに透明の細い糸が結ばれている。

ある場所の土と水で小さな舟をつくり、その舟に魂をのせ、もとの場所に送り返す……「舟送り」

パンフレットにはそう記されていた。どうやら泥の舟はこの美術館の敷地内の土をこねて作ったものらしい。しかし、私には「舟送り」がどういうセレモニーなのか具体的には想像がつかなかった。

しばらく展示室に置かれた木の椅子《いす》に座って、ぼんやりとやってくる人たちの姿を眺めていた。内藤さんの作品が放つパルスは心地よくて、私はそれを感じているだけで京都まできたかいがあったと思った。目をつぶって雑踏のなかから内藤さんの気配を探していると、不思議なビジョンを見た。深い山のなか。人間など一人も通らぬ山奥の谷。その谷の斜面の森に群生している白百合《しらゆり》の花。それを高い頂から見ている。なぜ誰一人としてその美を見ることもないのに、美は存在するのか。そのわけは……。

ふいに会場がざわつき始めた。目を開けて立ち上がると皆が背伸びをするようにして展示スペースを覗き込んでいる。どうやら「舟送り」が始まったらしい。スタッフらしき女性が小さな声で「黄色いシールの方は舟を受け取ってください」とアナウンスしている。

自分の胸を見た。黄色いシールだった。いつのまにか内藤さんが現われて展示室の中にいた。そして、小さな舟をひとつひとつ、黄色いシールの人たちに手渡していた。他にも緑のシールの人たちがいて、少しうらやましそうに舟を受け取る人たちを見ている。あらかじめ私は選ばれていたようだ。たぶん編集者を介しての配慮だろうが、私は他の方たちに少しうしろめたい気がして、なんとなくぐずぐずと人混みの後ろにいたのだ。

その人は大きなマスクをしていてとても目立っていた。たぶん大病を患《わずら》って手術をし、現在も闘病中なのだろう。ビニールの細い管を顔につけている。首筋をえぐりとるように切開した跡があり、ひどく痩《や》せていた。ずいぶんおつらいだろうに、よくここまで足を運ばれたなあと思った。小さな少年を連れていた。きっと小学校三年生、八歳くらい。お孫さんだろうか。私は二人の様子が気になってどうしても目が少年に行ってしまう。同じ年くらいの子供がいるせいだと思う。かなり重病とおぼしき大人につきそって美術展に来ている少年がけなげで、そしてたくましいと思ったのだ。

マスクの男性は緑のシールをつけていた。どうしようかと悩んだのだけれど、私は近寄って行っておずおず声をおかけした。

「内藤さんの作品がお好きなのですか？」

すると男性はとてもびっくりした様子で、首を縦に振った。どうやら声が出せないらしい。

「だったらもっと前のほうで見ましょうよ」と促してみた。二人で前に進み出ると、内藤さんが私に舟を渡そうとしたので、私は「こちらの方に……」と小声で伝えた。すると、男性は私の方を見て手を合わせ、自分ではなく、この子に渡してほしい、と少年を指さしたのだ。

「この子に？」

男性は強く首を縦に振った。なので私は少年の胸に黄色いシールをつけた。内藤さんも頷いて、あっけに取られている少年の手のひらに、そっと小さな舟を乗せたのだった。

男性が少年を指さしたときの、少年の表情を私は永遠に忘れないだろう。

え、僕が？

見知らぬ女である私、そして巫女《みこ》のように舟を渡す内藤礼さん、皆の視線を浴びて、小さな少年はそのとき何かを託されたのだ。そして、少年はそのことを一瞬にして悟っていた。

舟を受け取った者は、庭の池の周りに集まった。少年は
少年と男性にくっついて、私も池に出た。少年は緊張した面持ちで舟を両手でささげ持っている。外はとても暑くてマスクの男性は辛《つら》そうだった。見ると顔が真っ赤で額にびっしりと脂汗《あぶらあせ》が滲《にじ》んでいた。舟の写真を撮りたいらしく、デジタルカメラを構えるのだが痙攣《けいれん》がひどくてちっとも焦点が定まらない。そのさまをじっと見ながら、少年は落ち着いた声で「ぜんぜんブレてるね」と呟《つぶや》いた。私が代わりにデジカメで、少年と男性と舟の写真を撮った。
「おじいさん、ご病気なの？」

少年にそっと問いかけると、少年は問いには答えずに言った。

「おじいさんじゃない。お父さん」

そうか……と思った。おやつれになっているがまだお若い方なのだ。たぶん私よりも若いのかもしれない。病いの非情を思った。

少年は無邪気に私に話しかける。

「ねえ、この舟にむすんである糸はなに？」

「これは……、たぶん、あの世とこの世を結ぶ糸、わたしはそう思う」

「ふうん」

内藤さんが現われた。舟送りの始まりだ。合図もなく、声もなく、気配が伝わるようにものごとが進められていく。

糸を切って、そして舟を池に浮かべて流すようだ。

男性は糸の結びをほどこうとした。しかし、指先が激しく震えて思うように動かない。焦《あせ》るとひどく咳《せ》き込んでしまう。暑さがこたえるのだろう。少年はぶるぶる痙攣する父親の指先をじっと見つめていた。この子は慣れているのだ。そして自分の役目をわかっているのだ。父親に寄り添うこと。決してよけいなことは言わずに父親のすべてを受けいれること。

男性はどうしても結び目がほどけない。業《ごう》を煮やしたようにかばんの中からガーゼ用のハサミを取りだした。そしてばっさりと糸を切ったのだ。そのときなぜか、自分が切られたような痛みを感じた。

「もう流していいの？」

少年は池にかかった小さな石橋に屈《かが》みこんだ。そして緑色の水面に手を伸ばした。次の瞬間、少年は悲しそうに私たちを振り返った。

「すぐに沈んじゃった。流れなかった……」

水面にそっと置かなかったので、水が入ってしまったのだ。あまりにもがっかりした様子なのでこちらまで悲しくなった。

「大丈夫よ。もう舟は、ここの土に還《かえ》ったの。だから大丈夫」

他の人たちが流した舟は、長いものは十五秒くらいゆらゆらと流れた。

そして、ふいに崩壊し、沈んでいった。

舟が一瞬のうちに溶けて水に散り、消え去る様子のはかなさ、美しさ。

諸行無常とはまさにこの瞬間のことだと思った。

崩れ、形が失われる最期《さいご》の際《きわ》を、泥の舟はまるでスローモーションのように、優美に見せてくれた。

失うことの力、消滅の力、それを感じた。

それでいいのだと、思えた。


帰りの新幹線のなかで、また私は原爆という暴力について考えていた。人はいつか死ぬ。病気か、事故か、はたまた戦争か。理由はともあれ必ず死ぬのだ。では、どのように死んだかが問題なのだろうか。強い者が弱い者を殺すことが悪なのか。思いはどうどう巡りする。

強さを否定しようとしても、いつも返り討ちに遭う。

実は人を殺してはいけない本当の理由なんて存在していない。そんな気がして恐ろしかった。だが、なぜか暗い車窓にあの少年の顔が浮かぶ。

少年の目に、舟送りはどう見えたろうか。

私には、あの子が舟に結ばれた透明の糸のように思えた。

ここと、ここではないどこかを結ぶもの。

まだ世界には子供たちがいる。そう思うと少しだけ勇気がわいてきた。

祈りと絶望

二〇〇四年の初夏のこと、「水俣《みなまた》フォーラム」というNPOから水俣をテーマに講演をしてほしいとの依頼があった。

「なぜ、私なんですか？　私は水俣に行ったこともありません」

正直、お断りしようと思っていた。

「ランディさんのホームページに、好きな作品は石牟《いしむ》礼《れ》道子《みちこ》さんの『苦海浄土《くがいじょうど》』と紹介されていたからです」

え？　そんなことを書いていたっけ。確かに石牟礼道子さんの本を通して水俣病を知ってはいたが、『苦海浄土』を読んでからかれこれ二十年が経《た》つ。その間、私のなかから水俣は消えていた。そんな私がいったい水俣について何をしゃべるというのか。

二十代の頃に読んだ石牟礼さんの『苦海浄土　わが水俣病』（講談社文庫）という

作品には不思議な感銘を受けた。病苦の果てに描かれる命の薄明かり。でも、だからといって水俣病の患者さんを支援してきたわけでもなく、一円の寄付をしたわけでもない。どちらかといえば、私は無意識のうちに水俣を避けてきたかもしれない。担当者の女性は私の読者だと言う。どうやって断わろうかと思案しつつ、とりあえずお会いしてみた。断わるつもりなら会わなければいいのに、こういう小さな決断が積み重なって、いつも思わぬ場所に立っているのだ。

雑談をするうちに石牟礼さんの話題になった。

「実は、八月に石牟礼道子さんの新作能『不知火《しらぬい》』が水俣の埋め立て地で奉納上演されるんです。石牟礼さんは千年の後まで水俣病を語り継ぎたいとおっしゃって、能をお書きになったんですよ」

その話を聞いたとたん、背筋がぞくぞくしてきた。

あの石牟礼さんが、有機水銀に冒されて亡《な》くなったすべての魂を鎮魂するために能を書いたという。それはいったい、どんな能なんだ。しかもその能を、有機水銀のヘドロの海を埋め立てた土地で上演するという。

「その能、観《み》たいんですけど、いいですか?」

気がつくと身を乗り出していた。……というわけで、急きょ水俣フォーラムが主催する水俣ツアーに潜り込ませてもらうことになったのだ。

私が石牟礼道子さんの『苦海浄土　わが水俣病』に思い入れがあるのは、実はとても個人的な理由があってのことだ。

二十年ほど前だ。私はある演出家が主宰する劇団に所属していた。当時、彼は強い美学と執念をもって水俣病を題材にした芝居を作っており、石牟礼道子の存在もその演出家から教えられた。

だが、公演を間近にひかえたある日、彼は不審火による火事で大火傷《やけど》を負い植物状態となってしまう。四年ものあいだ意識は戻ることなく、肉体の機能低下による肺炎で亡くなった。まだ三十代の若さだった。

若かった私はその演出家の男性に密《ひそ》かに憧《あこが》れを抱いていた。だから、彼が亡くなった時に自分だけがのうのうと生きていることへの罪悪感を感じた。それと同時に、私のなかには火事をまぬがれて生きていることへの優越感があった。私は火事の夜、顔を出すはずだった稽古《けいこ》場に行かなかったのだ。それで、偶然にも災難を逃れたのであり、もし予定通りに稽古場に行っていたら自分も死んでいたかもしれなかった。

でも、私は行かなかった。なぜだ？

私は選ばれて生きている、そんな傲慢《ごうまん》な生の喜びが、押さえても押さえても込み上げてくる。おぞましかった。なので、私は水俣のことも、それから劇団のこともう思い出したくなかったし、関わりたくもなかったのだ。

二〇〇四年八月、初めて訪れた水俣の海は美しかった。

タクシーの運転手さんが「水俣の海を、ヘドロの海だと思って来る人がいますけどね」と笑っていた。図星だ。有機水銀に汚染された海……というイメージばかりが膨らんでいたのだ。私はそういうマヌケな部外者として水俣駅に降り立った。生暖かい空気に潮の香が混じっていた。

折から台風十六号が九州に接近していて、雲行きははなはだ怪しかった。新作能「不知火」上演日は台風のど真ん中。嵐《あらし》になるのではないかと関係者の顔は暗い。なにしろ無数の生命を奪った有機水銀の海を埋め立てた場所での薪能《たきぎのう》だ。怒り狂った竜神が嵐を起こしてもちっともおかしくはない。

だが、公演の日は、ほんとうに奇跡としか言いようもなく晴れてしまった。台風は沖で速度をゆるめ、潮は凪《な》ぎ、風もおだやか。そして、舞台に明かりが灯《とも》る頃には雲が切れ、星が瞬《またた》き、満月までが顔を出したのだ。

全国からたくさんの人々が奉納上演のために集まっていた。賑《にぎ》わいのなかにも厳粛な雰囲気が漂う。生まれて初めて石牟礼道子さんを見た。小さな観音様のような女性だった。

作中、竜神の姫である不知火は菩薩《ぼさつ》に呼び出される。不知火は汚れた海を浄化するために身を捨てて働き、すでに息絶え絶えだ。力及ばぬ我が身を嘆き、海を汚し生《しょう》類《るい》の命を奪った人間の悪業に怒り狂う。だが、冥府《めいふ》から呼び出された弟の常若《とこわか》と再会し、菩薩によって来世で結ばれることを約束される。すると音楽の神が飛び出し祝祭の踊りを舞う。多くの魂たちが輪舞し、生命の再生を予感させ終演となる。

終演後、恋路島《こいじま》に向かって、三艘《そう》の精霊船《しょうりようぶね》が流された。たくさんの灯籠《とうろう》を灯した小さな船が、暗い波間に消えてゆく。魂を見送るように、水俣奉納公演の代表・副代表であり、自らも水俣病である緒方正人さん、杉本栄子さんがじっと手を合わせ祈っていた。その姿は鎮魂という大きな役目を下ろしたようでもあり、あるいは下ろすことによってさらに大きな宿業を引き受けているようでもあった。

実は翌日、水俣フォーラムの計らいで、患者である緒方さんと杉本さんに取材させていただくことになっていた。それをもとに講演を……と、安易に考えていたのだ。でも、お二人の姿を見ていたら、とてもいま、自分がお話を伺うことは無理だと思った。自分の立ち位置すらもわからず、この人たちの前に出るのが恐ろしくなってしまった。

「すみません、いまの自分ではとてもお話を伺えないので、今回は帰ります」

台風を理由に予定を繰り上げ、逃げ帰って来てしまった。

水俣から帰って来てからが、困った。

私はなにか凄《すご》いものを見たのだが、自分が見て感じたものの正体がわからない。しかし、もうそこから逃れることができなかった。水俣フォーラムの会員になり、水俣記念講演会の司会を務め、水俣と関わる方達と言葉を交わし、水俣について勉強を始めた。水俣の周りをぐるぐると回っている。でも真ん中に触《さわ》れない。

そもそも社会派の作家ではないし、裁判にも、運動にもさして興味はなかった。幸運だったのは水俣フォーラムが運動や支援のための団体ではなかったことだ。水俣病を多くの人に知ってもらい、多様な関わりのなかから未来に役に立つ方向で語り継いでいこう……という趣旨の団体であり、私のような生半可な者も受け入れ、おもしろがって取材に協力してくれた。

二〇〇六年一月、大阪の貝塚市で「水俣・貝塚展」が開催された。開会式前日、杉本栄子さんが水俣病で亡くなった方々四百人の遺影の前で、関係者だけの「送魂儀」を執り行うという。ランディさんもぜひ来ませんか、というお誘いを受けた。いったい「送魂儀」とはなんだろうか。よくわからないが、杉本栄子さんにどうしてももう一度会いたかったので、貝塚行きを決めた。

前年、二〇〇五年の一一月にも、私は水俣に出かけていた。リベンジである。腹を括《くく》って出直して、ようやく緒方正人さん、杉本栄子さんに会ってお話を伺った。杉本さんの仕事場にも訪ねて、新鮮なちりめんじゃこをつまみながら、海を眺めつつ一時を過した。

二人の話を聞いているうちに、私はますます頭がこんがらがってきた。

いったいこの人たちは何者なのか?

やはり最初の直感は正しかったのだ。確信した。私が能奉納の夜に二人から感じたのは、彼らがなにかとてつもない「超越性」に触れているということだ。ふつうの人間がそうそう行き来できない、カーテンの向こう側へ行ってしまう。そういう人たちを、私はとりあえずシャーマンと呼んでいる。あまり好きな言葉ではないが他に呼び方がないのでしようがない。

三歳の時から父親に海を教え込まれてきた杉本栄子さんは、九州でもめずらしい女網元である。すでに小学校の頃から網子の漁師達を束ねて漁に出ていた。

杉本さんは「風の色が見える」と言う。風の色を読み天候を知り、海水の味で魚が来るかどうかわかる。魚の顔を見ればその魚がどこから来た魚かわかるとも言う。

水俣病で十年も寝たきりだったし、今でも体調は不安定で頭痛や麻痺《まひ》など、水俣病独特の症状に悩まされている。それなのに、彼女の生命力に健常者が圧倒される。病んでいることを丸ごと引き受けて、内在化させてしまった人間の強さがある。彼女は自然から力を得ている。万物に生かされている者の強さだ。

「水俣病はノサリと思ってます」

杉本さんはそう言った。ノサリと言われてもその意味がわからなかった。

「ノサリ言うのは、どう言うんかなあ……。自分が望んだんではなくて、向こうからやってくるものをさす言葉です。大漁もノサリ、病気もノサリです」

このノサリは、水俣だけの方言ではなくて熊本県内ではわりと使われる言葉だと聞いた。動詞形でも使われ、魚の群れに出遭って大漁になると「今日はノサッた〜」と言うらしい。

杉本栄子さんが水俣病によって受けてきた病苦、差別を私はとうてい書けない。書きようもない。その杉本さんに「水俣病はノサリです」と言われたとき、私の頭はシステムエラーしてしまった。言葉としてはわかるが、あまりにもするっとあっち側に行かれてしまい、途方に暮れたのだ。

ノサリを実感するのに、私は百万年かかるな……と思った。

「杉本さんが、一番好きなことはなんですか?」

単純な質問だった。すると彼女はこう答えた。

「祈りです。わたしは祈りが大好きなんですよ」

「祈り?」

「わたしら漁師は、昔からなんにでも祈るんです。船の上でごはん食べるときは、自分の弁当ばほんのちょこっとですが、海にさしあげます。魚にさしあげます。どこへ行ってもその土地の神様に挨拶《あいさつ》して、食べるときはちょこっとお分けして、お祈りしちょります」

「どういうお祈りをするんですか？」

「どういうっていうか、お経も読めませんから、ふだんの言葉で話しかけるんです。それがわたしらにとってのお経です」

杉本さんの祈りを見てみたいと思っていた。だから、「送魂儀」には絶対に参加したかった。

水俣展には、水俣病で亡くなった四百人の方々の遺影が展示される。円形のブースのなかに入ると、モノクロの遺影、遺影、遺影……。やはり居心地が悪い。こう言ってはなんだが、悲惨は苦手だ。

かつて私が水俣を遠ざけていたのは、おどろおどろしさのせいもあると思う。「怨」の文字や、水俣病の運動にまつわるある種の土着的なエグさ。それを、都会でかっこよく生きていたかった私は長いこと否定してきた。なにかイヤだったのだ。抗議のためお遍路の格好をしたりするのも好きではなかった。今にして思えば、支援者がスタイルでやっているのがイヤだったのかもしれない。

展示の準備が終了して、杉本さんの指示のもと、遺影の前にお花とお酒と供物が並べられた。ローソクも線香もいらないという。

「こん人たちは、ここにいるんですよ」

彼女は私にそう言った。

「え？」

「もう来ています。こん人たちはここにいるんです。そう思わねば、写真はただの展示物です。生きているんだと思わねば、これは展示物で、ここに置いてあるだけのものになってしまうでしょう。だから、水俣展が始まる前にね、せめてスタッフの方たちだけでも、こん人たちが生きていると思って、そういう気持ちになってほしかったんです。お招きする側にそういう気持ちがなければ、来てくださるお客さんにも伝わりませんから」

そう言って、杉本さんは姿勢を正し、おもむろに遺影に向かって語りかけた。

「どうも、みなさん、お久しぶりでございます」

その声は、真実だった。

そこに人々が「いる」と感じるしかなかった。いったい杉本さんの、あの語りを聞いて、いまここに彼らが「いない」と思えるだろうか。死者はここにいる。自然で、力強い、いたわりと親愛に満ちた声。

その瞬間に四百人の遺影の表情がふわっと明るくなった。魂が入ったのだ。私にか、あるいは写真に。モノクロ写真の一人一人が個性を取り戻し、生き生きと立ち現れてきた。

「またみなさんとこうしてお会いできて、ほんとうにうれしいです。たくさんの人たちのご苦労のおかげで、水俣のこと、日本のみなさまに知ってもらえます。ありがたいことです。この貝塚の土地のみなさま、まことにありがとうございます」

杉本さんに続いて、スタッフの皆が遺影の前に立って死者に語りかけた。初めてのことにとまどいつつも、それぞれの言葉で語っていく。私の番がきた。とても緊張した。私の知らない人たちだ。しかも、水俣病で亡くなった人たちだ。

「みなさん、縁あってこちらに呼んでいただきました」

そう言ってお辞儀をし顔を上げると、左端から右端へ写真が光っていくのが見えた。言葉は自然にこぼれてきた。死者に見つめられて私は語った。語り終えたとき、奥深い心の底から、きれいな水を汲《く》み上げたような清々《すがすが》しさがあった。私のなかに、まだこんな泉があったのか。そう思った。

二十年前、私が勝手に想像していた水俣病を病む人々は、生きながら地獄に落ちて苦しみ悶《もだ》え、絶望の淵《ふち》に立っている弱者だった。石牟礼道子さんの『苦海浄土』は、そのような患者さんたちの裡《うち》に菩薩を描いたフィクションだと思っていた。でも、そうではないのだ。石牟礼さんはたぶん人間のもつ可能性を描いたのだ。がんじがらめの現実に穴を空け、あちら側へと通路を通し繋《つな》がる力。

石牟礼道子という作家も、一人のシャーマンに違いない。彼女は能という芸能を水俣に組み込むことで、竜神の姫「不知火」をいつでもあの世から呼び出せる仕組みを作った。それによってあちら側の世界へ新たな通路を開いた。千年の後まで残る通路。私は幸運にも、そこに迷い込んだのだ。

今年は水俣病公式確認から五十年にあたる。

五十年を経ても、水俣展にはたくさんの若い人たちが訪れる。先の貝塚展でのべ動員数は三千五百人を超えた。観客数は年々増えている。

水俣病が、他の公害問題に比べて特別な軌跡を辿《たど》っているのはなぜか。

裁判、政治、運動という圧倒的な均質化、資本化、善悪二極化の世界を裏返し、私たちの心のとても古い層へと繋がっていくのはなぜか。

現実世界は常にあちら側の世界と心で繋がっている。人間の霊性は、絶望的に見える現実を書き換え、更新していく。

水俣にはその回路が開いているのだ。

すべての人間には、デフォルトで霊性がある。

ただ、眠っているだけだ。

イメージの力

　一九九九年一〇月二日、私は友人の元エンジニアと酒を飲んでいた。

　東大で物理学を専攻した彼は、何を思ったか三年前に会社を退職して小説を書いている。あちこち話が飛びながら、いつしか九月三〇日に発生した東海村の「原子力施設臨界事故」の話題になった。

「ＣＮＮがさ、遅かったんだよ」と彼が言う。

　一瞬、言わんとしている意味がわからなかった。

「ＣＮＮってさ、事件が起こるとけっこう真っ先に現場に行くわけさ。この間の台湾の地震の時なんか、地震発生からわずか四時間で現地から生レポートを送っていて、すげえなあって思ったんだよ。ところがさ、今回はＣＮＮがなかなか事件報道しなかったんだ。なんでだと思う？」

　私は「さあ？」と首をかしげた。

「自分たちが危険だからに決まってるじゃない」

と彼は言う。

「ところがさ、テレビを見ていたらまだ状況がはっきりしなくて避難命令が出てる施設の上空を、日本のマスコミのヘリコプターが飛んで中継してるんだよ」

「命をかけて取材してたんじゃないの？」

と、私が言うと彼は断言した。

「違うと思う。きっと、上空なら大丈夫のような気がしちゃったんだよ。火事でも、地震でも、自然災害ってのは空から撮影する分には大丈夫だろう？　原子力施設の事故って聞いた時にも、そういう災害と同じだ……っていう意識で飛びだしちゃったんじゃないかな。テレビを見ていたら、そのヘリは撮影のためか低空飛行してるんだ。事件発生初日で、まだ内部の状況もわかっていない。三五〇メートル圏内立ち入り禁止の状態だ。だけど、どう考えても上空三五〇メートルより下を飛んでいるんだ」

焼き鳥をかじりながら、私はふんふんと頷《うなず》く。

「放射線ってのはね、宇宙に向かってバンバン放出されてくるんだ。上空だってものすごく危険なんだ。だけど、放射線は目に見えない。匂《にお》いもしない。音もない。そういう自分たちの経験知にないものに遭遇したとき、人間って危機管理能力を失ってしまうんじゃないかな」

「じゃあ、いつもの自然災害と同じ感覚で上空なら安全のように錯覚したと？」

「うん、ボクは見ていてそう思った。もし彼らが本当に命がけで取材していたなら申し訳ないけどね。でね、思ったんだよ。CNNのスタッフは危険を回避したんじゃないかって」

彼は遠くを見る目で自分に言い聞かせるように言った。

「原子力事故は危ない。状況がわかって安全の確認がとれるまで、現地に近づくことは絶対に危険だ……って。だから、遅れたんじゃないかと。彼らの方が危機管理能力があるんだなって思ったんだ」

「なるほどねえ」

さすがに理系の頭の良い人はいろんな事を考えているなあ、と私は思わず尊敬の目を彼に向けてしまった。

そこで私は、常日ごろから抱いていた疑問、しかしあまりに単純でとても人様には聞けない疑問について彼に聞いてみたのだ。

「あのね、ニュースで放射能を浴びることを被曝《ひばく》するって言うでしょう？　あの被曝って、具体的にどういう事なのかなあ。よく考えてみると私ちっともわかってないんだよね」

「うーむ。どこから説明すればいいかな。例えば今回の事故の場合を説明すると、臨界っていう状況が起こると、それによって放射線、特にすごい多量の中性子が放出されるんだ。その中性子を身体《からだ》で受けてしまうことが、まあ言うなれば被曝かな」

「中性子ってどういうもんなの？」

「中性子ってのは、そこらにたくさんあるよ。たぶんここにも、このテーブルのあたりにもあるごくごく一般的な原子の構成要素。ところが核分裂が起こると、その分裂のエネルギーによって、中性子がものすごい速度で飛び散るんだ」

「火花みたいに？」

「うーむ、ちょっと違う。原子核は陽子と中性子でできている。核が合体したり分裂する過程で余った中性子が分裂のエネルギーで飛び出してくるわけ。その中性子はなんでも通過してしまう性質をもっている。人間の身体もね」

「どうして中性子はなんでも通過しちゃうの？」

「中性子ってのは電荷が中性、つまり、電気を帯びていないからだよ」

もうこうなるとなぜなぜ理科教室である。

「なんで、なんで電気を帯びてないとなんでも通過しちゃうの？」

彼は半ば軽蔑《けいべつ》に似た目で私を見て言った。

「物質は原子でできているわけ。たとえばこの灰皿が光を遮るのは灰皿を構成している原子と原子が反発し合ってバリアを作ってるからなわけ。電荷を帯びていない中性子ではこの反発力がぐっと弱くなってしまい、物質を通り抜けちゃうんだ。ほら、中性子爆弾ってのがあるだろう？　それを使うと物質はそのままで、生命だけ殺してしまう」

「はいはい、聞いたことがある」

「あれはね、中性子がものすごい速度で物質を通過していくことを利用した殺人兵器なんだ。物は中性子が通過しても生命体じゃないから問題ない。だけど、人間は生き物だ。中性子が身体を通過していく時に、原子レベルの結合が壊れる。たんぱく質が引きちぎられてDNAが破壊される。そうだな、イメージとしては、ものすごく細い針を、無数にランディの額に突き刺して、向こう側に抜いたような感じかな」

私は怖くなって思わず額を押さえた。被曝する、ということを具体的な身体イメージで初めて理解した気がした。

「今回の場合は、チェルノブイリ事故みたいに空から放射能をまき散らしたわけじゃなくて、一カ所で核分裂が連鎖的に起こっているわけだよ。だから、中性子はそこから放出されているだけだから、臨界してる場所から遠くへ逃げれば安全なんだ」

「どうして安全なの？」

「だって中性子の速度は距離に比例して遅くなる。中性子は速い速度でぶっ飛ぶから物を通過するけど、物に当たるたびに遅くなるし、うんと遅くなればそこらへんにまぎれちゃうんだよ」

「あ、そーか」

「たんぱく質が中性子によって変質しちゃうと、人間の身体はその細胞を異物とみなして攻撃しちゃうんだ。中性子によって破壊された細胞は非自己になっちゃうんだよ。だから人間の免疫《めんえき》システムが働いて、自分で自分を攻撃しちゃう。細胞レベルで人間のバランスが完全に壊されてしまう。怖いよなあ」

私が自分で調べたところ、人間にはもともと「がん」になる要素があるのだけど、身体が上手に調整されていると、がんとしての症状は出ない。ところがそのバランスを放射線が崩すと、がん化への要因になるらしい。

新聞の報道では大量の放射線を浴びた大内久さんは、免疫細胞であるリンパ球が著しく減少していたという。

急性放射線障害の場合、だいたい三〇〇～四〇〇レムの放射線を浴びると、血液を作り、免疫機能をつかさどる役目をもつ骨髄が破壊され、感染症や出血がとまらなくなるなどの症状がでて、生命の危機に陥る。

ちなみに、レムってのは放射線が生命体にどれだけの効果を与えるかあらわしたもの。中性子の一レムとは、なんと一平方センチメートルの面積を一億本が通過することである。新聞では「シーベルト」で表わされている場合が多かったけど。一シーベルト＝一〇〇レムに当たるそうだ。

考えてみたら放射能を浴びるっていう言葉が変である。浴びているのは放射線なのだ。線というのはつまり、ふっとんで来る中性子なのだ。私の被曝のイメージは「光による火傷《やけど》」だった。全然違うメカニズムなんだなあ、と情けないが目から鱗《うろこ》だった。

こと原子力とか、放射能という問題を私が苦手なのは、イメージできないからだ。私のごとき文科系で物理が「2」だったような女にもわかるように、原子力とか放射能とか説明してくれればいいのに、どうも新聞も「誰もが放射能とは何か知っている」というのを前提に放射能って言葉を使う。

なんだよ、放射能汚染っていうけど、放射能ってのは「放射線を出す能力」ってことじゃないですか。放射線っていうと、レーザー光線みたいに光が出るような気がしちゃうけど、飛んでくる中性子のことじゃないですか。

このようなおバカな私が、もし放射能漏れ事故の取材に行ったら、きっと上空撮影なら安全だと思い込んでしまったろう。光で目をやられる……とサングラスなんか用意したかもしれない。人間は自分がちゃんとイメージできない事を危機管理するなんてできないような気がする。少なくとも私はダメだ。

ステンレスの容器で高い純度のウランを沈殿槽に戻したことで今回の事件は発生した。これに関してある作業員は「横着した」と語っていたと言う。「横着」の結果として大内さんが浴びた放射線は一七シーベルト。一七〇〇レムだ。

これが中性子だとすると、一レムで一億本の中性子が身体を通過するのだから、一七〇〇レムだと一億×一七〇〇本の中性子が大内さんの身体を貫いてたんぱく質を破壊した事になる。なんという痛々しい事だ。

なにがどう怖いのか。その事を知らされない限り、危機管理は難しい。

自分の身体を一億×一七〇〇本の中性子が貫いていくことをイメージできない限り、危機を回避することはできない。

イメージすること。

そのことを、私は意識するようになった。

イメージできるように、表現すること。


翌年、私は広島の平和祈念式を取材するために広島に赴いた。

五十五年前、広島に原子爆弾が落とされた事実はもちろん知っている。だけど、イメージは貧困だった。原子爆弾を落とされることのイメージを、自分が理解できる身体感覚レベルで受け止めたことは一度もなかった。そのように理解しようと思ったことすらなかった。被爆者という言葉は知っていても、被爆するイメージについて思い描いたことがない。

広島に入る前に、偶然に画家の葉祥明《ようしょうめい》さんにお会いした。

葉さんは「原爆」や「地雷撤去」をテーマに絵本を制作し、その収益を寄付していらっしゃる。葉さんがそのような活動をするきっかけになったのは、一九八六年に起こったチェルノブイリ原発の事故だった。

「あの事故を知ったとき、なにかこう、雷に打たれたような感じになって、何か自分がやらなければ、と思ったんですね」

画家である葉さんも、イメージすることの大切さを語ってくれた。

たとえば「原爆による強い熱線を浴びた」では、その熱線がどの程度のものなのか、さっぱりわからない。でも葉さんはそれを「一四〇〇年間、熱したアイロンを肌に押し当て続けたのと同じ熱量」と表現する。そのとき、ある体感とともにその熱のイメージがわいてくる。

平和記念公園と川を隔てて原爆ドームが建っている。柳並木の美しい護岸を流れるこの川も、五十五年前は死体であふれていたという説明を受ける。

同行していた編集者が言った。

「水を求めて川に入って、そして溺《おぼ》れてしまったんでしょうか」

私は首を振った。

「どうかな、違うと思うよ」

水を飲めば死ぬ、被爆者の方たちはそう語る。

「原爆による熱線を浴びて、人間の身体は瞬時に高温になる。電子レンジに入れられたような状態だからね。身体の内部が沸騰《ふっとう》してるみたいな感じだ。そんなときに、水を飲んだらどうなる？　熱く熱した鉄にいきなり水をかけたところを想像してみてよ」

「瞬間的に、水が蒸発して、内臓が破裂する……?」

「そうだよね。だから、水を飲んでみんな死んでしまったんだ。だけど、被爆者の方たちは言うんだよ。どうせ死んじゃったんだから、水を飲ませてあげたほうがよかったかもしれないって」

「なんだか僕、内臓がじりじりしてきました」

「わたしも……」

私たちは、川べりに腰を下ろして夕闇《ゆうやみ》のシルエットになったドームを見つめた。

「イメージするって、大切ですね」

「そうだね」

失われた過去の悲惨をイメージすることは難しい。そして、悲しみの先にある愛に満ちた未来をイメージすることは、もっと難しい。

でも、人間には想像力がある。まぎれもなくある。

それはたぶん、魂の翼だ。

生き果てる命

もし、がんになったら、がんの告知を望みますか？

それとも知らされない方がいいですか？

怖い質問をしてきたのは、ご自身が二度のがんを乗り越えてきた『がん患者学』の著者、柳原和子さんだった。私は「告知してほしい」と答えた。自分のことは知っていたい。たとえそれが死の宣告であったとしても。

柳原さんは、ふっとため息をついた。

「ほとんどの人が、がん告知を受けるときはまだ元気なのよ。生きて普通に生活しているの。それなのにいきなり、あなたはがんです、そしてあと半年の命です、と言われる。これってどういうことだと思う？　身体《からだ》には全然、そんな実感はないの。それなのに他人から死を宣告される。自分の実感からかけ離れたところで、自分の死を決定されるの」

想像しようと思ってみた。でも、うまく想像できなかった。

この私、ここに存在している私。生きている私。まぎれもない私。私が生きているのはなぜ？　私が死なずに生きているのはなぜ？

死にたいと思わないから。違う。そんな理由で私がいまここに存在しているのではない。私が生きてきて、そしてこれからも生きようとしているのは、私なりのものすごく個人的な理由だ。他人には決して理解できない私の来歴があり、感情があり、苦悩があった。そのことを知っているのは私だけだ。私は私なりの実感と、私だけが感知しえる世界の質感のなかで生きてきた。そのような私の感受性によって創造された私の世界に生きてきた。その世界の密度が私を支えてきた。

でも、もし権威ある誰かが私に「あなたはがんです。そしてあと半年の命です」と告げたら、私はいきなり梯《はしご》をはずされたような気分になるかもしれない。なんの実感もない、質感もない他人の論理。その論理の前に自分の生死が決定され、それにあらがうことができない自分。

一瞬にして、私の世界は質感を失い、色を失い、立体感を失い、ぺしゃんこになるだろう。そして私はどうする、きっとあがく。もがく。もう一度自分の実感を取り戻すために。死ぬ瞬間まで生きるために。この世界を自分の手で触れるために。七転八倒するだろう……。

一九八六年、旧ソ連のウクライナとベラルーシの国境近くにあったチェルノブイリ原子力発電所で大規模な放射能事故が発生した。

大量の放射性物質が放出され、国境を越えて広範囲の地域が放射能に汚染された。特に高濃度の放射能に汚染された地域は、生存不可能の強制移住地域とされ、いくつかの村が地図から抹消された。

事故から十九年が経《た》った。今でも放射能汚染地域は「ゾーン」と呼ばれ、一般の住民たちは近づこうとはしない。ところが、その「ゾーン」に生活している人たちがいる。ほとんどが老人。彼らはもともと「ゾーン」の中の村に住んでいた農民だった。事故後、国から与えられた街のアパートに強制移住をさせられたものの、街の暮しになじめない。先祖からずっと大地と共に暮してきた。土地を耕し家畜を育てて自給自足の生活を守ってきたのだ。

放射能ではなく、街で暮すストレスのために多くの男たちが早死にをした。いつしか老人たちは、ひかえめにこっそりと放射能に汚染された村に戻って来た。そして黙々と、事故の前と同じ生活を始めた。季節と共に畑を耕し、牛や馬や鶏を飼う。日の出と共に目覚め、日没と共に眠る生活だ。

知人から「ゾーン」に行こうと誘われた時、好奇心と同時に恐怖心も感じた。なにしろ放射能汚染地域である。そこに入るということは、当然ながら自分も被曝《ひばく》するということだ。「がん」という二文字が頭に浮かんだ。放射能とがんと死は、私のなかでワンセットだ。たぶん現在において、もっとも死を象徴する言葉、それが、がんなのだと思う。

それでも、死の恐怖よりも好奇心のほうが勝ってしまった。あるいは、私はまだ死をいうものをナメているのかもしれない。もし一度でもがんを発病していたら、私はこの誘いを断わっただろう。絶対に。

モスクワから夜行列車に乗ってベラルーシ共和国に入った。

さらに車で二時間ほど走る。原野を横切り、大きな川を渡り、強い放射能の森を抜けるとそこにブジシチェ村があった。この村には現在、およそ三十人ほどの村人が暮していている。私はその村で一番のきれい好きというアンナばあさんの家に泊めてもらうことになっていた。

村に入って、初めて広島の街へ行ったときと同じことを、私はした。被曝の傷跡を探そうとしたのだ。放射能の痕跡《こんせき》に触れようとした。この村のどこかに、放射能を知覚させるなにかがあるはずだと、勝手に思い込んで、五感を研ぎ澄ましてそれを探した。しかし、放射能はもちろん目に見えない。匂《にお》いもない。私にはなにも感じることができなかった。

村の様子は牧歌的だった。ようやく紅葉を始めた木々が風に揺らぐ。牛たちはのんびりと草をはみ、泉が湧《わ》き、湿地の茂みにアヒルたちが遊んでいた。大地は果てしなく続き、空は高く青かった。気流に乗って雲が流れていく。少しセピアがかったロシアの大気は土の匂いをおびていた。そこは決して死の世界ではなく、生命に満ち溢《あふ》れていた。私が想像するような放射能の死の影を見ることはできなかったのだ。

「美しい村だねえ。ここが放射能に汚染されているなんて思えない」

私の言葉に、コーディネイターの女性が頷《うなず》いた。

「ほんとうにそうよね。ここには放射能以外の汚染はなにもないわ」

アンナの手料理を食べる。チーズ、ヨーグルト、パン、ジャム。すべて手作り。放射能は植物に蓄積される。その草を食べる牛も当然ながら被曝している。その牛の出すミルクにも、木の実で作るジャムにも、小麦で作るパンにも高濃度の放射能が……

などと考える。考えるが、実際に目の前にあるのはおいしそうな食物。新鮮で、添加物はゼロだ。だから私は食べた。食べたところで放射能の味がするわけではない。実に自然な食物の味。

そして、夜、トイレのために外に出ると空には満天の星。

放射能汚染を実感できるものが、ここにはなにもない。ものすごく汚染されているはずなのだが、私の五感ではそれを実感できなかった。

ベラルーシでは事故後、子供の甲状腺《こうじょうせん》がんが爆発的に増えた。

被曝した子供たちを母親は「まるで病気のデパートのようになってしまった」と嘆いた。放射線は細胞を貫き、人間の遺伝子を破壊する。免疫力は低下し、さまざまな機能障害が発生するが、その原因が「放射能」であるかどうかを科学的に断定することは難しい。

“Chernobyl's Legacy”（二〇〇五年九月ＩＡＥＡ、ＷＨＯ他）によると、被曝者総数約六十万人　うち復旧工事現場作業員約二十万人、避難住民約十二万人、居住継続住民約二十七万人、既に死亡　救急隊員や周辺居住児童五十六人、最終的な死者数（推計）約四千人と発表されている。

最終的な死者数四千人。この数字には異論を唱える人が多い。過小評価しすぎである……と。ベラルーシの医師たちも「少なすぎる」と憤慨した様子だった。

専門家は言う。

「原子炉内の大量の放射性物質が環境に放出されたわけですから、がん等の発生リスクは格段に高いと考えることができます。ただ、最近では様々なことががんの原因となっていますので、ある意味で信頼できる数字は得られないものと思います。本当の数字は恐らく、数十年後の同地区の死因等に関する統計データとして整理されてからということになるような気がします」（二〇〇六年四月、ＩＡＥＡは死者数を一万九千人に訂正した）

年初から、ずっと核をテーマにした連作を書いてきた。

ベラルーシにやって来たのも、その延長だ。放射能や核というものの、実感を求めていた。書いても書いてもどうにも実感できない。実感しづらい。広島に行っても街はきれいすぎた。被爆者の方にお会いしてたくさんお話を聞いた。悲しい体験。辛《つら》い。感情が動く。でもそれは情動なのだ。恐怖でもない、実感でもなかった。だとすれば、実感できないということをとことん実感しなければと思った。

「ゾーン」に行くぞ、という時にはさすがに恐怖を感じたが、この恐怖はなぜか「がん」への恐怖だった。私は放射能そのものではなく、放射能によって「がん」になるのが怖いのだと知った。不思議だった。そして「がん」への恐怖は、実は正体が曖昧《あいまい》だった。私は「がん」を恐れているがその根拠がはっきりしない。まるで迷信を信じるように「がん」を恐れている。

「がん」という病は、もしかしたら現代の「迷信」なのかもしれない。科学が生んだ迷信。「がん」は不治の病、治らない。現代医療では原因すら解明できない難病。そのことが、実感よりも科学という論理のもとに人間の生を否定している。それを私は恐れていたのかも知れない。

滞在二日目、村の人たちの家を訪ねて歩いた。おみやげの湿布薬をもって。

実は日本での打ち合わせ時に「村の人たちへのおみやげはなにがいいだろうか？」とコーディネイターに相談したのだ。そうしたら「湿布薬なんかいいと思います」と言われた。

「みんなご高齢なので、足腰が痛い痛いと言っているんです。日本の湿布薬をもっていけばきっと喜んでくれると思いますよ」

なるほど、確かに湿布薬ならかさばらないし、日本のものはバリエーションに富んでいる。出発前、ドラッグストアに行って湿布薬を購入し、大量に旅行かばんに詰め込んだのだ。

秋の白ロシアは朝夕冷え込む。村の老人たちはみな厚着だ。老婆《ろうば》たちは髪にスカーフをかぶり、裾《すそ》の長いスカートをはきセーターを着込んでいる。

私が湿布薬をもっていくと、皆、笑顔で迎えてくれた。どうぞどうぞと、寝室に通されて「貼《は》ってくれるように」と懇願された。そこで、私は初めて衣服の下の彼らの肉体に触れたのだった。

一人の老婆は足が痛くてたまらないと言う。とは言え、彼女は生活のために歩き回り家事をこなしている。動きが鈍いのは年のせいだと思っていた。ところが、スカートをまくりあげ、彼女が見せた足を見てぎょっとした。膝《ひざ》の上、内股《うちもも》の部分にカボチャのような大きな瘤《こぶ》があった。瘤は熱をもって腫《は》れていた。これは痛いだろうと思った。

私はそっと、その肉の塊に触った。真っ白な肌に紫色の血管が浮いている。たるんだ皮膚の感触が手に伝わってきた。その皮膚の奥にどくんどくんと熱く腫れて脈打っているものがある。医学の知識のない私にはその瘤がなんなのかわからない。でも、老婆が痛いと嘆くので、そっと触っていた。私の手は冷たいから気持ち良かったかもしれない。そして、これでいいのかどうかもわからないが、とにかく気休めに湿布薬を貼ってみた。

次の家に行くと、今度は腰が痛くてたまらないと訴えられた。湿布薬を出すと、またしても貼ってくれと言われる。寝室で、今度は剝《む》き出しになった老婆の背中の後ろに立った。彼女のちょうど肝臓のあたりが、はっきりと盛り上がり腫れていた。ああ、これが腰痛《ようつう》の原因なのかなと思った。長年の農作業のためだろう。背骨は鉤《かぎ》のように曲がっていたが、老婆はいたって元気だった。

「うれしいわ、今日はうちで昼飯を食べていきなさい」

大きな声で私にそう話しかけてくる。私は、老婆の痛いという腰に湿布薬を貼った。そして腫れている臓器の上にただじっと手を置いた。こんなことしかできない自分がものすごく嘘《うそ》つきに感じた。

困ったことになった。単に湿布薬をもっていっただけなのに、いつのまにか村中に「日本からお医者さんが来た」という噂《うわさ》が広まっていたのだ。そして、私の姿を見つけると村人たちが寄ってくる。みんな、自分の具合の悪い部分を指さしながら私に向かって歩いてくるのだ。

あるおじいさんは虫歯が化膿《かのう》して痛くてたまらない、と、大きな身体を屈《かが》みこませて私の前で口を開けて見せた。ばっくり空いた暗い空洞から、それまで見ることのなかったゾーンに住む人たちの内臓が垣間見《かいまみ》えた。

また、別のおじいさんは怪我《けが》をした足の傷がなかなか治らないと言って、私の前でズボンの裾をまくってみせた。ぐじぐじと傷口が化膿していた。こんな傷はきっと抗生物質があれば治るんだろう。でも、私は湿布薬しかもっていなかったのだ。だから、ごめんなさいと言って、頭を下げた。おじいさんは悲しそうにズボンを下ろして、気にするなよと言うように手を振って立ち去った。

手の激痛を訴えるおばあさんがやってきた。右手を差し出して痛くてたまらないと繰り返す。気休めにしかならないだろうけれど、私はその手にも湿布薬を貼った。おばあさんは何度もありがとうと頭を下げる。それから少しして、彼女のご主人がジャムと豚の脂身《あぶらみ》をもってやって来て、お礼だと言って私にくれた。私は受け取った。断わるほうが彼らを傷つけるような気がした。だけど、そのジャムを見て、これにも放射能が……と思った。それを自分の家の食卓にもっていくのがためらわれて、忘れたふりをしてそっと軒先に置いてきてしまった。

もし日本の医師団がやってきて精密検査をしたのなら、彼らのうちの何人かは、なんらかの病気なのかもしれない。がんの人もいるのかもしれない。でも、彼らは知らない。そして生きている。しかもすこぶる元気に自分の力で生きている。畑を耕し、布を織り、ジャムや果実酒を作る。家畜を育て、バターや、チーズを作る。なんでも自分たちでできる。やらざるを得ない、と言うべきかもしれないが、それを彼らは自ら選択し、あの放射能に汚染された村で生きているのだ。

彼らの肉体は加齢と、それから長い過酷な労働によって痛み傷ついてはいた。健康ではないかもしれない。だが彼らは病人ではなかった。病みながらもすっくと大地に立って生きていたし、なにより気力があった。私は彼らの肉体にじかに触れて、いったい人間の生命力とはなんだろうと改めて思った。私たちが生きているということ、その力ってなんだろうか。彼らは自分たちの村が放射能で汚染されていることは知っている。でも、実感のない放射能を論理で語る者たちよりも、自分たちが感知し実感できる世界に生きることを自らの意志で選び、そして生き抜いている。

ベラルーシでは、チェルノブイリの事故後に、子供の出生率が一五パーセントも減少してしまった。疫学的調査が行われていないので、原因は特定できないが一五パーセントという数字はとても大きい。子供を生まなくなった背景には、事故のトラウマがあると見て間違いないだろう。人々は放射能汚染によって子供に異常が現われることを恐れたのだ。放射能は見えないし、どんな影響を与えるかもはっきりと示されていない。だから、恐ろしい。子供も生みたくなくなる。

でも、ゾーンに住む老人たちにもし子供を生む能力が与えられたら、彼らは子供を生み育てるような気がする。どんな障害の子が生まれようと受け入れて育て、あの土地で生き続けようとするだろう。たぶんきっと。彼らはいまここがどんな世界であろうと、自分の実感を信じて生きるだろう。生かされる限り彼らは生きる。

ベラルーシから日本に戻って来て、体調の優れない私はまた怖くなった。「がん」という言葉が浮かんでは消える。そして、また考える。がんになったら、告知してほしいだろうか。実感のないままに死を宣告されたとき、私は「いま、ここに生きている自分」を見失わずに、死を受け入れることが可能だろうか。

「あなたはがんです。手遅れです。残りの人生を楽しんでください」

無理だ。生きる根拠を見失ってしまう。私は弱い。生の実感など他者の言葉の前に脆《もろ》く崩れる。でも、そんなことおかまいなしに論理で他者の生を限定するシステムができ上がった。科学や正義を根拠に論理が生を犯す。たぶん、だから原爆は落ちたのだ。根っこは繋《つな》がっている。論理は簡単に人を殺す。実感がないからあたりまえだ。私は、私が獲得したこの世界の水々しい質感と濃厚な密度のなかでしか生きることができない。大人だろうと、子供だろうとみんなそれぞれの実感を生きるのだ。否定されてもしがみつくしかない。決して生の実感を手放してはいけない。人はいつか死ぬが、死ぬ瞬間まで生きる。生き果てたい、そう思う。

命の価値基準

　Jに会ったのは、去年の暮れ、ネット仲間の忘年会の時だった。かつてのネット仲間が集まって湯河原温泉で一泊二日の宴会をするという。それじゃあ、ということで地元民の私が幹事を買って出た。

　夜、宿へ遊びに行くと、みんなすっかり浴衣《ゆかた》姿でくつろいでいる。その中に一人、初対面のかっこいい男の子がいたんだ（そのときは男の子に見えた）。それがJだった。痩《や》せてて、サラサラの茶髪で、ピアスなんかしてて、さりげなく着てるTシャツもお洒落《しやれ》だし、ギョーカイの人かなあ、なんて思った。雰囲気はミュージシャンかデザイナーって感じ。

　Jは、私の友達のケイちゃんの友人で「ケイちゃんに誘われたので面白そうだからついて来ました」とのこと。ケイちゃんったら素敵なご主人がいて、こんなイイ男のボーイフレンドもいるわけか、ちぇっ、ヤルなあ、と、私は内心やっかんでいた。それくらいイイ感じな人だったんだ、Jは。

飲みながら夜がふけていく。どういう話の展開か忘れたけど、私はこんな話をした。

「そういえば、今日ね、久しぶりに会った北海道の友人から、娘さんが突然、大阪で倒れた、って聞かされてびっくりしちゃった」

大柄の元気な女の子だった。その子が危篤《きとく》だと言うのだ。信じられなかった。

「緊急入院したら感染症だと言われたんだって。しかも、死ぬかもしれないってお医者が言うんだって、一週間やそこらでそんなに死ぬほど容態が悪くなることってあるのだろうかねえ？」

すると、それまでニコニコとみんなの話を聞いていたJが「その方、どういう容態なんですか？」と、身を乗り出して、すごく真面目《まじめ》な顔で質問してきた。

友人から聞いた病院名や、お医者さんの説明をJに話すと、Jは「その病院だと、治療設備があまりないから病院を変えた方が良いかもしれない」と言って、なんと病院や、感染症に詳しいというお医者さんまで紹介してくれたのだった。

私の見ている前で、携帯電話で連絡を取りあうJは、さっきまでとは別人みたいだった。あっというまに翌日には感染症に詳しい先生に診てもらえることになった。なんていい人なんだろうって思った。だって、彼にとってはアカの他人のことなのに。

それから、当然の疑問が残った。

「あの、いったい、あなたって何してる人なんですか？　お医者さんですか？　どうしてそんなに病院や病気のことに詳しいの？」

するとJは、ちょっと困ったような顔で、それからこう言ったんだ。

「実は、僕は、薬害エイズ訴訟の大阪原告代表なんです。それがまあ、肩書きと言えば肩書きかなあ」

「はあ？　原告代表ですか？」

薬害エイズ事件を知ってはいるものの、自分の身近な問題だと思っていない私にはピンと来ない。

「なんで、原告代表をしてらっしゃるんですか？」

そんなことを私は言ったのだ。今、思うと大バカ者だ。でも、そう質問したくなるくらい、Jの態度が自然で、悲壮感とか、恨みとか、怒りとか、全く感じなかったんだよなあ。

「僕も被害者ですから」

Jは淡々と答える。私はまだピンと来ない。

「ってことは、感染してるんですか?」

「そうです」

ここまできて、私はようやく事態を飲み込んでくる。

「だって、普通にしてるし、ビールも飲んでるし……」

Jは笑った。

「ほんとはいけないんだけどね、でも、ま、少しくらいならいいかなと思って最近は飲んでしまうんだよね」

「じゃあ、エイズなんですか?」

「はい」

沈黙。

こういうとき、ほんとに自分ってダメだなあと思う。全然、実感がわかないんだ。彼を前にしてもまるで。で、言うべき言葉も見当たらなくてぽかんとしてた。

「私、エイズの人って初めて会いました……」

ようやく出たのがこんなセリフ。まったく自分でも嫌になっちまう。

翌日はみんなを真鶴《まなづる》半島の原生林に案内した。もちろん、Jもいっしょ。森の中を歩いてけっこう楽しかった。私のとっておきの秘密ポイントにみんなを案内した。海岸にある廃墟《はいきょ》の観音様とか、廃墟になった建設途中のホテルとか。

Jは、とっても優しいんだ。なんて言ったらいいかなあ。すごく落ち着いてる。魂がちゃんと身体《からだ》の中心にいて、しかもガチガチに固定されてなくて、ゆらゆら楽しげに揺れているみたいな感じ。森を歩いているときも、海を見ているときも、世界を慈《いつく》しむようにうっとり眺めてるんだ。うちの三歳の娘なんかすっかりなついてしまって、ずっといっしょに手をつないで歩いてた。

お別れした後も、私の友人の娘さんを病院まで見舞ってくれた。様子を見て来て「たぶん、大丈夫だろう」ってメールで報告してくれたんだよね。彼はいま大阪と東京と両方で暮らしているので、大阪に行った時わざわざ足を延ばしてくれたんだって。

「感染症は、怖いですから」

と彼は言う。

「もしかしたらエイズに感染してるかもしれない。でも、それを本人が隠す場合もあるし……」

それから、彼のメールの最後にこんな言葉が添えてあった。

「はじめて会った人の生命がどうして、こんなにいとおしいのでしょう。不思議です。とりあえず報告まで」

血友病だった彼は、子供の頃からずっと医療に頼って暮らしてきた。

そして、血液製剤によって、エイズに感染した。最も信頼していたはずの医療によって、Jはエイズに感染した。そのことの理不尽さをいったいどうやって克服したのだろう。怒りは、消えたのだろうか？　Jの飄々《ひょうひょう》とした態度を見るにつけ、私は不思議に思う。

この自然さは、ポーズなのだろうか。それとも、本当に彼は感情を超越してしまったのか。

いま、エイズは新薬とウィルスの進化とのイタチごっこなのだそうだ。

「僕はなんとか新薬に命が間に合っているんです。でも、新しい薬が出ても、エイズウィルスはものすごく進化が早くて、どんどん薬を凌駕《りょうが》していってしまう。次の薬に間に合えば、また当分は生きられる。そんな感じです。そして、薬の開発が発症に間に合わなければ死ぬんです」

こんなシビアなことを語る時でも、彼には悲壮感がないし、かといって人生を諦《あきら》めちゃってるわけじゃない。肩の力が抜けているけど、けっこう熱い。

もしかしたら、彼はすさまじい精神力で内面の強い感情を抑えているのかなあ、あれこれ想像をめぐらせてみるけれど、笑ってはぐらかされちゃう。私には、Jの内面はわからない。

少なくとも、私が感じているJは、とてつもない悲しみを抱いたまま真っすぐに光の中を歩いている人だ。そのように私には見える。その真っすぐさがたまらないんだ。この世界を愛《いと》おしんでいる人と会うと、私はなんだかせつなくて苦しい。自分がすごく無力だと思う。何もできない。私がしてあげられることなんか何もない。私にできるのは、ただその人を好きになることだけだ。

「自分がエイズだとわかったとき、もし、誰かに感染させてたらどうしよう、そんなことになったらどうしようって、そればかり考えてた。自分が原因で誰かを不幸にしたら、もう生きている資格がないと思った。おびえてた。すごく怖かった。だけど、みんなに検査を受けてもらって、自分が誰にも感染させていないってわかったとき、僕は本当に、神様に感謝したんだ。ありがとう神様、って。本当に心の底から神様に感謝したんだよ。僕の大切な人たちを、誰一人、僕から感染させないでくれて、ありがとうって。あのときほど、ほっとして、うれしかったことはなかった。そしたら、なんだか怒りみたいなものが、自分のなかからすうっと消えていく感じがしたんだ。良かった、ほんとに良かったって、あの時はそれしか思わなかった」

Jの言葉を聞くと、人間ってすごいなあ、と思う。人を愛するってすごいことだなあ、と思う。ほんとに素直にそう思う。

三月二八日、薬害エイズ裁判で、東京地裁が元帝京大副学長、安《あ》部《べ》英《たけし》さんに無罪を言い渡した。日本経済新聞には「被害者側の声」としてJのコメントも掲載されていた。

「大阪ＨＩＶ訴訟原告団代表のＪさん（39）も『医者に対してあまりに甘い。安部さんは専門医としても臨床医としても最高権威だった。医者に命を守ってもらうしかない五百人以上の仲間を亡《な》くした我々としては非常に残念だ』と落胆した表情で話した」

Jは、ほんとはどう思ってるんだろうって、思った。Jの気持ちを少しでも知りたいし、それを伝えたいと思った。新聞の記事じゃ、よくわかんなかった。だから、メールを送ってみたのだ。「今、どんな気持ちですか?」って。

すごく忙しいはずなのに、その日のうちに、Jからのメールが返って来た。その内容は私にとって意外な答えだった。


こんにちは。

Jです。

「薬害エイズ」の民事裁判は、国とメーカーが被告でした。

実は、患者たちが初めに、「許せない」と思ったのは医師でした。

でも、医師を訴えることは、患者にとって、治療の場を失うことでした。

血友病の患者は、遺伝疾患ですから、子供の頃から、医師は父親のような存在でした。絶望的激痛の患部にさしのべられる、暖かい大きな手。

泣き叫ぶ我が子に、優しい言葉をかけてくれる、「先生」。

その医師に裏切られた患者たちは、それでも「医師」を訴える事ができませんでした。

何人かの医師は、感染した患者に告知もせず、治療すらせず、かといって、エイズの専門医を紹介することもありませんでした。

それでも、なお、医師に裏切られたことを認められない患者も多くいました。患者の医師に対する想《おも》いは「恋」に似ています。それも、永遠の片思いの……。最も身体的に苦しいとき、自らの命を委《ゆだ》ねる相手が、技術的にも人格的にもすばらしい人であって欲しい想いは、やがて、信仰に近い想いになっていきます。その人の肩書きが、「教授」、「学長」であればなおさらです。

さて、今回の判決についてですが、もし安部氏に責任が無いとすれば、血友病医のみならず今後の医療過誤を起こす医師全《すべ》てに責任が無いことになるほど、裁判所の認定した、注意義務は低いものです。たとえば、「まちがって消毒液を注射した」というぐらいのレベルでやっと過失が認められるという認定です。このような初歩的なミスを裁判官がしてしまったのには理由があるように思います。

今回の弁護士は、三浦和義事件の無罪を勝ち取った弁護士で、マスコミがスケープゴートとして、犯人を作ることに強く反対する立場の弁護士です。

今度の事件でも、安部氏にそのようなイメージを作り上げようという作戦でした。

裁判官は、バランスをとろうとして、医学論文の迷宮にまよいこんでしまったようです。

専門家ゆえの陥穽《かんせい》は、患者被害者からかけ離れた判決にたどり着きました。どこか、安部氏と似てなくもありません。

今回の無罪判決は、再び被害者に怒りを思い出させました。

ひとりひとりの命を数字や法で割り切る専門家との戦いの武器はやはり、ひとりひとりの命です。


と言うことで、少々情緒的ですが、今の心境です。

また、遊びましょう。


裁判は法によって人を裁く。

法という土俵に乗ったら、法の前に命の価値を委ねなければならない。でも、法は全てではない。無数にある価値の測定基準の一つにすぎない。お金も基準、数字も基準、法も基準。あらゆる基準は人が決めたものだ。人がその所属する集団全体の便宜のために決めたものだ。

命の価値は計れない。だからJはあえて「命を数字や法で割り切る専門家との戦いの武器はやはり、ひとりひとりの命です」と書いたのだろうか。

人は必ず死ぬ。生きることの意味を、死を内包している命という現象を、測定する物差しは、現世にはない。

成人式のこと

今朝のワイドショーや新聞で「成人式」のことが取り上げられていた。

今年の成人式では、各地で「市長がキレた」そうである。若者がとにかく私語が多い、酒を飲む、携帯でしゃべる、化粧する、話を聞かない、席を立つ……。それに我慢がならん大人は「バカモノ！」と怒鳴って自ら退場続出との報道だった。

テレビでも、そういう「荒れた成人式」の場面が写しだされて、若い子たちがカメラに向かって「イエーイ」なんて派手にポーズをとっている。

スタジオでは「いやはやもう、呆《あき》れましたねえ」といういつものコメントが繰り返されていた。

「子供ですね、これは。まだ子供なんです」

「成人式というのを考え直した方がいいんじゃないでしょうかね」

「必要ないですね」

「アメリカでは成人式ってないんでしょう?」

などなど。

私は二十歳のとき、成人式には出ていない。その頃は吉祥寺《きちじょうじ》の飲み屋ですでにカウンターレディなるものをやって酔っ払いの相手をしていた。そして、成人式の日は仕事を終えてからディスコに行き、同じ店でウェイターをしていた男の子たちと、朝まですっと踊っていた。最後に残ったのは、ダンサーを目指している橋本君と私だった。ああ、なんだってこんな年になるまで橋本君の名前を忘れていないんだろう。恋人でもなかった。ボーイフレンドですらなかった。ただ、同じ店の同僚で、たまたま成人式の日にディスコで朝までいっしょだった。

橋本君はダンスを習っているだけあって、踊りはうまかった。成人式の夜、私はべろんべろんに酔っ払って、彼にジルバを教えてもらった。それから、吉祥寺のサンロードを朝の六時頃、二人でステップを踏みながら帰った。すごくいい天気の朝だった。橋本君は、ぜんぜん私になんか興味ないみたいで、ひたすら自分のステップに酔っていた。

すれ違うおじさん達は「このバカ娘、朝から酔っ払いやがって」という顔で、ものすごく汚いものを見るみたいに私たちのことを見てたけど、なんか、あの朝はそんなに不幸せじゃなかった。

家に帰って寝れば、もう夕方で、またお店が始まる。お酒を運んで、お店がハネたら仲間でつるんで飲みに行く。騒いでるけど、心のどっかしんと寒い。そんな日々の繰り返しだった。

成人式なんか、行ったってつまんないし、って思ってた。あんな予定調和で上《うわ》っ面《つら》だけの式典、くだらないって思っていた。私は二十歳のとき、まだどうしようもなくもがいていた。なんでもがいていたのかわからない。でも、もがいていた。

何かを切り捨てたかった。自分の自意識を脱ぎたかった。でも脱げない。なんだかまとわりついて離れないものを引きちぎるために、七転八倒して暴れていた。ハタから見れば「何、暴れてるの？」って感じだったろうと思う。

かろうじて、四十歳になって、今、思うことは、子供って何だろうってことだ。「子供」って言葉そのものが、すごくヘンだと思う。私は小さい頃、ずっと「子供」って言われてきた。だけど、そもそもこの「子供」という言葉が私を無能にしていた。

子供には二つの意味がある。

親に対する子供。「私の子供なの」という言い方。これはわかりやすい。関係性を表わしているだけだからだ。

もう一つは大人に対する子供。「オマエはいつまでたっても子供だな」ってやつ。こっちの「子供」が、まったくわかりづらい。成人式とはこの「子供」が「大人」になったお祝いだと私は受け止めている。

私は私なのだ。生まれた時から私は私である。そして、私に社会が仮につけた成長段階での名称が「子供」というものだった。子供とは「子供という生き物」ではなく、私の成長段階のある時期に命名される別称であるはずだ。そして、私は子供と呼ばれていた時も、今も、等しく私としての可能性をもっている。

ところが、私は自分が「子供」と呼ばれていたとき、子供という単語によって不当な差別を受けていたと感じる。「子供」というたった一つの単語のなかに、成長段階の人間の無数のベクトルを無理矢理押し込めて、規定して、「子供ってのはこんなもんだ」というイメージを烙印《らくいん》して、ひと山いくらで扱われていたような気がしてならないのだ。

子供である私は「一人では何もできない」と言われた。社会からそう言われた。そして「まだ一人では何もできないのだから、早く一人でできるようにがんばりなさい」というのが、社会の言い分だった。

でも、私は子供のころ「川沿いの道をどこまでも歩いていく」ことを一人でやった。どこまでも一人で歩いて行った。先の先がどうなっているのか知りたかったからだ。一人で空も見た。一人で虫も追いかけた。一人で冒険をした。一人でやれることはいっぱいあった。ところが「まったく、一人じゃ何もできないくせに」と言われ続け、そしてだんだんと、本当に一人では何もできないような気分になった。

「一人はみんなのために、みんなは一人のために」という言葉が教室に貼《は》ってあった。そして「一人ではできないことでも、みんなならできる」と言い続けられた。それが正しいと思い、長いこと「一人ではできないから、力を合わせよう」という呪縛《じゅばく》から逃れることができなかった。

「子供は未熟な存在だ」「子供は労働力にならない」「子供は生産性がない」「子供は考えが足りない」とにかく、子供は大人より劣るのだと教えられた。教えられたというよりも社会全体、特に学校という場所で、子供は大人にならないとまだ未熟で何もできないと教えられた。

そうだろうか。私は私だ。じゃあ、私は何もできない子供から、ポケモンが進化するようにいきなり大人になるのだろうか？　そんな大人、見たことない。

成人式が終わったら「今日からあなたも大人よ」というのは、まったく無茶苦茶な話だと思う。人間はポケモンではない。うちの娘は三歳だけれど、生まれてからずっと同じパーツで生きている。それを死ぬまで使って生きるのだ。この肉の塊の肉体を。その意味において、子供は生まれた時からパーフェクトである。存在としてパーフェクトだ。


アジアの中で、世界の中で、日本はとても豊かな国だ。だから私は子供の頃から働かなくてすんだし、国や地方自治体から教育という恩恵を受けて育った。だけど、その間に、私は「子供」にされ続けた。「子供」という称号をもらったことで、私が受けた恩恵はすごい。だけど「子供」と規定されたことで奪われた可能性もまたすごいのだ。

みんな「子供という生き物」じゃないんだよ。みんな「人間」なんだけどな。老人に「老人力」があるのなら、子供にも「子供力」があるのだ。その年齢、年齢で、みんなパーフェクトで、可能性があって、そして違う力をもっている。

だけど、私は、義務教育というものを受けるようになってから、その義務のなかで

「子供」という社会の決めた役割の中に閉じこめられたと感じている。

私は六歳の時には完璧《かんぺき》に世界を把握していたし、言葉は未熟だったけど、感性はいまと同じ分だけもってた。そして、人を思いやる心や、感激したり、感動したりする心は、今の百倍もあった。

日本が先進国になればなるほど「子供の権利」を守るために、若年層の人たちを「子供化」していく。権利を確立するためには「子供」という存在が明確にならなければいけないからだ。

それは悪いことじゃない。子供の権利はとても大切。だけど、それによってより強固に若年層を「子供化」させていることが忘れられている。「子供を守る」ために「子供という未熟な存在を作る」。そういうことを社会システムはよくやるのだ。

幼児虐待《ぎやくたい》が社会問題になる。子供はますます「守るべき存在」としてクローズアップされている。それによって、社会の善意は「守るべき存在としての子供」をさらに強調する。でも、そうやって、人間を「子供化」させていくことで、今度は自分たちも「大人化」を強いられる。

私が自分の娘を「あんたはまだ子供だから」と思ったとき、私は娘に対して「大人である自分」を意識している。でも、本当にそうなのかな。娘は小さいけれど、だからといってなにかが私より損なわれているわけじゃないのだ。そして私も、年をとっているけれど娘より多くのものを有しているわけでもない。単に私がもの知りで世渡り上手なだけだ。

成人式で暴れていた若い人たち。「子供」として育てられて、教育を受けてきた若い人たち。「大人未満」と教え込まれた長い幼少期の終りに、どうやって「大人」になるのかわからないだろうなあ。だって、私もそうだった。ずいぶんと、大変だった。刻み込まれた「子供」を脱ぐのに、十年くらいかかった。「子供」という幻想。「未熟でバカで何もできない子供」という幻想。それをぬぐい去り、自分を取り戻すまでの長かったこと。

だって、大人って、なるものじゃないんだ。私はずっと、小さいころからもうちゃんと「私」だったんだよ。大人でも子供でもなく、私だった。それでよかった。だのに、「子供」だって言われ続けて、そしたらある時、急に「あんた大人でしょ」って言われて、自分がなんだかわかんなかった。

この社会は大人へのイニシエーションを失った。成人式ごときで子供が突然大人になれるわけがない。

というメールマガジンを送ったら、翌週にたくさんの感想のメールが来た。

そして読者の方から、

「ランディさんは、成人式で暴れた青年たちのことには言及していないけれど、本当はどう思っているんですか?」

「私は成人式で暴れた青年を見ると正直に言って不快に感じます。ランディさんはあれをしようがないと思っているのですか?」

そういうメールをいただいた。確かに、このことには触れなかった。わからなかったからだ。成人式で暴れた青年たちは、個別だから。暴れるにもそれぞれに個別の理由があるだろうけれど、私は彼らを個人的に知らない。だから、書けなかった。


自分のことならわかる。


私は二十歳の青年たちよりも、二十年もたくさん生きている。彼らから見たら「大人」なんだと思う。そして、二十年もたくさん生きてきたのに、私が「次の世代」について考え始めたのはここ五年くらいだ。

つまり、世の中で言う成人年齢から十五年間、目先のことしか考えずに生きてきた。

目先のことしか考えないから、政治にもあまり興味ないし、選挙よりも遊びに行く予定を優先したし、税金も催促されるまで納めなかったし、地域社会にも参加しなかったし、とにかく社会システムのあらゆることに関与せずに生きてきた。

とりあえず、自分が得して楽ならいいわ。日本は平和で安全で豊かだから、いろいろムカつくこともあるし政治家も嫌いだけど、でも、ま、いっか。って感じだった。日本の経済が崩壊してようと、老人が増えて年金制度が破綻《はたん》しようと、産業廃棄物が自然を壊そうと、森が植林で滅びようと、田んぼがなくなろうと、原発が建設されようと、イヤだけど、でも、私が生きているうちはなんとかなるだろう、って思ってた。

とりあえず、今、私が気持ちよければ、ま、いっか。もちろん、そんなことを大声では言わない。ポーズとしては反原発だったたし、日本の政治の腐敗に憤《いきどお》っていたし、それなりの問題意識があるような顔をして飲んでエラそうなことをまくしたててた。

だけど、実感はなかった。

実感をもてないのは社会システムのせいだと思っていた。私は被害者だ。次の世代に何かを残してやろうなんて気はこれっぽっちも、耳のアカほどもなかったよ。だって自分も被害者なんだから。私は自分の社会的責任を認識してこなかった。

さすがに四十歳近くなって、子供を生んだとき、ようやく自分の子供や近所の子供の顔を見ながら、この子たちが二十歳になったときの日本、ってどうなってるんだろう、って漠然と思うようになった。こんなにツケをこの子に回していいんだろうか？って。人生も半ばを過ぎたころ、ようやくそういう気持ちになった。

そして、実感として「ああ、なんて社会になっちゃってるんだ」ってがく然とした。あらゆるもののツケを次の世代、その次の世代、その次の世代に押しつけたのが二〇世紀じゃないか……って。つまり、私が生きた時代だ。

二十年も先を生きてきて、こんな社会を作るがままにしてしまったことを、私は二十歳に謝りたいという気持ちの方が大きい。「すみません、先輩としてまったくボンクラでした」という感じだ。確率的には私の方が先に死ぬ。彼らに押しつけたことの大きさを考えると「やあやあ。成人おめでとう」とは言えない。

いま、ニュースを見ると「無責任な人間の無責任な行為」がしでかした、恐るべき出来事について連日放送されている。本来は国民を守るべき政府機関、役所が、利益を優先するがあまり人命すら無視したりする。

話し合いも不十分にゴミ処理場を建設し、反対住民を機動隊を動員して排除する。核廃棄物の処理もままならないのに、さらに原発を作る計画を立てる。そんなことが、どんどん報道されているのだから、小学生だってテレビを見て漠然と日本についてのイメージがあるはずだ。

そのイメージがたぶん、若い世代と年配の世代では相当ズレていると思う。

たとえば私の父母の世代は「自分たちが戦後の日本を復興した」と思っている。働いて働いて働いて今の日本を築いた、と。

でも、若い世代はどうかな。冗談じゃねえよ、と思ってるかもしれない。原発とゴミだらけの日本に誰がしたんだよ、って。

テレビで、暴れる青年たちに不快感を表明するオジサンたちを見て、ふと思った。

あのオジサンたちが、あの壇上から降りて若い子たちに語りかけるんだ。

「自分たちが利益を追求するあまり、いまの日本は人間をないがしろにする社会システムになってしまいました。たくさんお金を儲《もう》けたのに、国家財政も破綻してしまいました。税金の使い方を間違ってしまいました。本当に申し訳ない。君たちに美しい国土を残すことを考えなかった。すまん。だが、まだ間に合う。美しい日本を取り戻そう。そのために力を貸してください」

って、心から若者の未来を思い、懇願したら、どうなるんだろう。若者はシラけるのかな。オジサンが本気だったら、きっと、何かを感じるんじゃないかな。楽観的すぎるかな。美談すぎるかな。

ずいぶん前だけど、南太平洋の少数民族の長《おさ》が、村の若者の成人を祝う儀式を観《み》たことがあった。苦しい成人の儀式を乗り越えた若者を前に、長は立っていた。その時の長の眼差《まなざ》しを私ははっきりと覚えている。すべての若者を息子のように慈《いっく》しみ大切に受け止める力のある眼。

「よくぞ生きて、ここまで成長した」

長は一人一人の若者を愛《め》で、そして涙を浮かべて神に感謝していた。

それは画面を通して日本人の私にも伝わる、強烈で、普遍的な、父性だった。

酔っ払い天国

三年前の大雪の日だった。

電車が不通になって、私は東京駅の構内で夜明かしをするハメになった。駅は最終が終わると閉まるのだけど、この日ばかりは家に帰れない乗客のために構内を開放していた。

もちろん外は大雪であり、時間はすでに深夜十二時を回っていて、東京駅近辺に開いている店もない。開き直って車座になり酒盛りを始めているサラリーマンの集団もちらほら出始めていた。

東京駅近辺をねじろにしているホームレスの方たちも、みんな構内に入って来る。今日は追いだされる心配がないので暖かい構内で一夜を過ごすつもりなのだろう。

新宿で飲んでいて東海道線の最終で帰るつもりだったのに、甘かった。私は仕方なくキヨスクで「ふぐひれ酒熱かん」を買って、中央口に置いてある丸いベンチに腰を下ろした。

ベンチの脇（わき）にダンボールを敷いて座ってるホームレスのおばさんがいた。ふと、目が合ってしまった。すごく寒そうにしていた。「おばさん、寒いの?」と聞くと「寒い」と言う。「お酒飲む?」と聞くと「飲む」と言う。

私は「ふぐひれ酒熱かん」をおばさんにあげた。

「お嬢ちゃんのがなくなるよ」とおばさんは言う。

「平気だよ、私はもう一つ買って来るから」

「お嬢ちゃん」だって。笑ってしまう。でもきっとおばさんにはチビの私が子供みたいに見えたのかもしれない。

私はおばさんと並んで「ふぐひれ酒熱かん」を飲んだ。しみじみと見ると本当に汚かった。もちろん風呂《ふろ》なんて入っていないんだろう。髪は汚れと脂《あぶら》でごわごわだし、服は垢《あか》まみれで変色し、なんだかがべがべしていた。それに足、左足が裸足《はだし》なんだよ。

「おばさん、その足、どうしたの?」

おばさんの左足は、ふくれあがって、表面が黒灰色に乾燥して、そこに無数のひび割れが入っていて、まるで、そう、まるで象の足みたいだった。

「なんでもない」

「なんでもなくないでしょう、痛くないの?」

「痛い」

おばさんはそう言って足をなでた。

そこに、一人の男性がやって来た。

辛子色の着古したコートは毛羽立っていたが不潔ではなかった。やはり使い込んだ感じのハンチングをかぶって、毛糸の手編み風のマフラーを巻いていた。年は五十歳くらいだと思う。痩《や》せた、目のぎょろぎょろしたおじさんだった。

「なんだい、おばちゃん、いいもんもらって飲んでるなあ」と、おじさんはおばさんに声をかけた。ホームレス仲間なのだろうか、でも、この人には覇気がある。

「おじさんも、ひれ酒飲む?」と聞いてみた。するとおじさんは「いや、俺は自分で買うから」と、キヨスクに行ってワンカップを買って来た。

このおじさんは、吉田のおじちゃんと言うのだそうだ。

彼はホームレスではなく、ちゃんと自分の部屋があるらしい。なんでも東京駅を仕事場にしているのだって。それで、ときどきホームレスたちの面倒なども見ているらしい。

「ねえ、このおばさんの足、これ病気だよね」

「ああ、これなあ、不潔にしてるんで菌が繁殖するんだってよ。一度病院に連れてったけど、足を清潔にしないと治らないんだってさ。ときどき洗ってやるんだけどよ、ダメだよ、自分じゃ何もしねえから」

私はおばさんに「自分で足を洗わないと治らないんだってよ」と言った。

おばさんはどこか朦朧《もうろう》とした目で「ハイハイ」と答えた。

「監視してるから」とおばさんは小声で言う。「誰が？」「ずっと監視してるから。そんで、何かしようとすると電波で指令が来る、ダメだ、ダメだって」

私は吉田のおじちゃんを見た。おじちゃんは肩をすくめて指で「くるくるぱー」のポーズをした。

「この人、いったいどうなるんだろう」

「いつのまにか、どっかにいなくなってるよ」

「どっかって？」

「さあなあ。でもすぐまた似たようなのがやって来るから」

吉田のおじちゃんの言わんとする意味が、よくわからなかった。

吉田のおじちゃんは、東京駅でスリを生業にしているらしい。

「そうは言っても、俺はさ、良心的だから」

と彼は言う。

なんでも、吉田のおじちゃんがカモにするのはべろんべろんに泥酔《でいすい》した酔っ払いだけなのだそうだ。もう正体もなくなって、酔いつぶれていて、このままでは凍死するかブタ箱行きだ……、っていう酔っ払いを見つけて、タクシーに乗せて運転手に行き先を告げてやる。そんで、そのお礼に財布からお金を貰《もら》うのだそうだ。

「カードには手をつけない。貰うのは現金だけ。財布は返してやるし、まったく、俺は酔っ払いの味方だよ」

「酔っ払いって、そんなにいるの？」

「まあ、年末年始は特に多いけどな。日本は酔っ払い天国だ。すごいぞ、あいつらは。平気で駅ん中で脱糞《だつぷん》するしな」

「だ、脱糞ですか？」

「ああ、階段とかでうんこしちまうんだ」

そういえば、私も地下鉄のホームで、ベンチに座ったままじゃーーとおしっこをもらしている酔っ払いを見たことがある。ごくごく普通の会社員風の男性だった。股間《こかん》がみるみる濡《ぬ》れていき、足もとにおしっこがびちゃびちゃ溜《た》まっていくのに、その男は寝ていた。

しかも、最終の地下鉄がホームに入ってくるや、駅員に起こされてふらふらと乗り込み、おしっこだらけのズボンでシートに座った。そしてまた、すぐさま寝始めた。

「公衆電話をトイレと間違えて放尿する奴《やつ》もいる」

「うひゃあ！」

「いきなりゲロを噴射する奴もいる。ゲロってのは、がまんすると飛ぶんだよ。びゅうって一メートルくらい。それを浴びた女が気絶しそうになってたな、はははは」

確かにゲロは飛ぶ。私も何度かそういう光景を見たことがある。

「線路に降りて寝てた奴もいたな。たぶん自分の家のつもりだったんだろうな。酔っ払いってのは夢遊病みたいな状態だから何やらかすかわかんねえ」

私の父親は酒乱だった。酒に酔うと、本当に何をしでかすかわからない人だった。酔うと被害妄想に陥り、不平不満罵詈《ばり》雑言《ぞうごん》の限りをわめき散らし、家族を脅し、器物を壊す。そして、酔いが醒《さ》めると何もかも忘れている。

私は駅のホームで、泥酔した男性からいきなり首を絞められたことがある。男は何を思ったか私をはがいじめにして「ばかやろう」と呟《つぶや》きながらぎゅうぎゅう絞めた。周りの人が慌《あわ》てて引き離してくれたけど、真っ赤な顔をして目がうつろなその男は、千鳥足でへらへら笑っていた。

水商売が長かったから、数限りない酔っ払いを見てきた。東京で悪いことをしようと思ったら酔っ払うのが一番てっとり早いと思った。酔っているというだけでかなりのことが容認される。若くて恨みがましかった頃、私も酔っ払っていろんな事をした。だって苦しいンだもんアタシ、って甘えてた。酔って騒ぐと、みんな「ああ、きっと辛《つら》いんだな」って勝手に同情してくれた。なんて母性的な社会なんだろう。辛い人は包み込んで許して甘やかしてくれる。

「なんで、あんなに酔っぱらうのかなあ、男って」

自分のことは棚にあげて、私は思わずつぶやいた。

「辛いんだろう」

「何が？」

「働くのがさ」

「そうなのかな」

「働かざるもの、食うべからず、だ」

そう言っておじちゃんは笑った。

「食うために、働いたのに、今じゃ、働くためにみんな飯を食う」

確かに、と思った。

さあて、とおじちゃんは立ち上がる。

「ちょっと、人助けに行ってくるわ」

そう言って笑うと、丸の内口の方向へと手を振って消えて行った。


あの後、東京駅に行くたびにおじちゃんを探しているのだけど、二度と会えない。

なんでだろう、なんだかすごく会いたい。むしょうに会いたいときがある。

吉田のおじちゃんの魂とあたしの魂のコードはちょっと似てる気がしたのだ。

どこにいるんだろう。どこかで生きていてくれますように。

そして、また会えますように。

『アメリカン・サイコ』と児童殺傷事件

映画配給会社から『アメリカン・サイコ』という映画のビデオを送っていただいた。半年くらい前のことである。

最近、私のところには上映前の試写会の案内やビデオがたくさん送られて来るようになった。ようするに映画を観《み》て「コメントをいただきたい」ということなのである。最初は嬉《うれ》しかった。わあい、作家になると話題作もタダで観られるのかな！　と。

しかし、すぐ苦痛に感じるようになった。何かコメントしなければと思うと、緊張してしまって映画を楽しめないのだ。それに、私はコメントが下手だ。よく新聞に載っているような「こんな素晴らしい映画を観たのは生まれて初めてです」「人間の強さを教えられました」みたいなコメントが、いっこうに書けないのである。きっとひねくれているんだろうな、と思う。あまりにも使えない無感動のコメントしか書けないので配給会社の宣伝担当の方に申し訳なくてしようがない。すみません。苦手なんです。どうしても。

さて、『アメリカン・サイコ』は担当者の方がずいぶんと力を入れて私に推薦してきた作品だった。「絶対に田口ランディさんにコメントしていただきたい。できれば感想をパンフレットに掲載したい」とまで言っていただいた。

どれどれ、そんなに凄《すご》いのか、と思って観た。確かに凄かった。もの凄く残酷な話だった。ストーリーを細かく説明するのはやめるけれど、主人公はひたすら殺人を犯す。

この映画には同名の原作があり、その原作はアメリカでも衝撃の問題作として話題を呼んだらしい。私は原作は読んでいないが、知人の感想では「原作の方がもっと凄い」のだそうだ。げろげろ。

主人公は地位も名誉も学歴も金もあるアメリカのヤッピーである。すべてのものを持っているかのごとき恵まれた二十代の男で、もちろんルックスもいい。しかし、彼の内面にはどす黒い虚無の亀裂《きれつ》が口を開けている。

生きていることの現実感がつかめない主人公は、ナルシストで自己中心的、そしていつもイラついている。ある日、ついに刺激を求めて殺人を始める。そして殺人の快楽に溺《おぼ》れていく。

彼は殺人鬼と化して、自らの欲望の赴くままに女を殺す。自分ではもう止められない。しかし、誰も彼を止めてくれない。彼の殺人はいつのまにか何も無かったことのようにその痕跡《こんせき》を消されていく。

ついには彼にはもう、殺人の刺激すらも快楽ではなくなってしまう。何でも許されるということは一人の人間を廃人に追い込むに必要十分条件たりえるのだ。

見終わってから、私は「なんて救いがない物語だ」と思った。もちろん、救いがあることが正しいことだ、などとは、これっぽっちも思ってはいない。

村上龍《りゅう》さん風に言えば「穴が開いていて、そこに人が落ちて死ぬ話」という感じだ。

かつて村上龍さんが、米国の脚本家レナード・シュレイダーのこんな言葉を教えてくれた。「世の中に物語の種類は二つしかない。ある男が歩いて来て、穴に落ちて死ぬ、か、穴から這《は》い上がる、かだ」

担当者から「いかがでした?」と、電話がかかって来たときに、私はこの映画の感想を書くことをお断りした。理由を訊《たず》ねられたけれど、うまくは答えられずに申し訳なかった。

「わたしね、どうしてもこの映画の感想は書けないんだ。この映画はね、私、褒めることができないんだ。もし、感想を書いても批判しちゃうと思うんだよ。とても面白い映画だったし、刺激的だったし、映像的にもかっこよかった。だけど、だからって、私はこれを褒めることができない。評価はできるけど、この映画のラストを、私は認めることができないんだ。なぜかっていうとね、こういう事は、つまり、こういう虚無的な人間は、実はもう、たくさんいるんだ。そこらじゅうにいるんだ。快楽殺人者の存在はそんなに新しくない。そういう時代なんだ。だからこそ、ここに新しい何か別の視点がないと、私にはやりきれないんだよ。快楽殺人者は存在する。その事実は認める。でも、それをただ描いただけじゃ、私がやりきれないんだよ。表現ってのは、そこに新しい光、それが救いではないにしろ、何か別の価値観とか、視点とか、世界観とか、そういうものがなかったら、ただ残酷でむなしいだけじゃ、私はやりきれないんだ」

あまり良い説明だったとは思えない。だけど、そんな風にしか、そのときの気持ちを説明することができなかった。

それから、ずいぶんと時間が経《た》って、大阪の池田小学校の児童殺傷事件が起こった。そして宅間容疑者が逮捕された。新聞やテレビ報道を通して宅間容疑者のプロフィールを知ったとき、私はなぜか、映画『アメリカン・サイコ』を思い出していた。

似ている気がした。もちろん宅間容疑者は『アメリカン・サイコ』の主人公のようにヤッピーなわけではない。高学歴には憧《あこが》れていただけ。お金を持っていたわけでもない。だけど、似ているのだ。その虚無の有り様がとても似ていると思った。


マスコミの報道によると、現在、宅間容疑者は「死刑にしてほしい」ということを述べているそうだ。

『アメリカン・サイコ』の主人公は、自分の弁護士に「俺は人を殺した、何人も殺したんだ。お願いだ、俺は人殺しなんだ」と自供する。でも、弁護士は全く聞く耳を持たない。「何をバカな事を言ってるのだ」と取り合ってもらえない。主人公は学歴、ルックス、収入、家柄と申し分がない。彼はあまりにヤッピーの条件を兼ね備えてしまっているので、ヤッピー以外のものになれない。ヤッピーとしか認識されず、彼の本来の個性は社会から無視される。そもそも弁護士すら主人公の顔をうろ覚えだ。そして、殺人現場のマンションからはいつのまにか死体が消され、血まみれの壁は何者かによって改装されている。世界は彼を罰しない。

どのような権力からも罰せられることがない主人公は、自分が生きていると感じることができない。深い絶望。彼は生きたまま死んでいる。

誰によっても裁かれることのない自分。何をしてもヤリ放題の自分。そうなったとき、人は何を思うのだろうか。宅間容疑者も、かつて彼の罪は「精神病」であることを理由に許されたかに見える。実際は、許されたわけではない。ただ「裁き」からはずされたのだ。

宅間容疑者は「精神病であれば何をやっても罪にはならない」と、知人に語っていたそうだ。本当に宅間容疑者は「精神病のように振る舞おうとした」のだろうか。でも、そもそも彼を「精神病」としたのは彼自身ではない。病院という権力だ。「もしかして、宅間容疑者はさ、本当は自分より強い何者かから、人間として罰せられたかったのじゃないかなあ」

そんなことをネットに書き込みしたら「殺人者擁護の発言」と批判された。

私は殺人者を擁護するつもりは毛頭ない。そうではなく、知りたいのだ。宅間容疑者のことを。もっと深く。

神戸の小学生殺人事件で酒鬼薔薇聖斗《さかきばらせいと》が逮捕されたあとで、精神科医の斎藤学《さとる》さんが朝日新聞の紙上に興味深いコメントを寄せていた。

斎藤さんは少年Aの犯罪を「父性なきゆえの犯罪である」と主張する。

少年Aは警察に逮捕されてやっと心の安らぎを感じているのではないだろうか、と。なぜなら、「彼は『ほっとした』はずだ。警察権力という父に出あった実感を得たのだから」

人間社会は人間が安全に暮らすために、さまざまなルールを作り、それを「個」よりも優先している。個人の趣味嗜好《しこう》が「公」のルールを逸脱した場合、人間として罰せられる。

では、もし罰せられなかったとしたら?

それは人間として認められないことになる。透明な存在になってしまう。

何年か前に、ある酒宴で佐川一政さんと同席したことがあった。

佐川さんはかつて、パリに留学中にオランダ人の女性を殺してその肉を食べた殺人者である。しかし、彼は罰せられなかった。精神異常と見なされて日本に強制送還され、日本の精神病院に入院した後に退院。現在は一般人として日常生活を送っている。

たぶん、こんな奇異な経歴をもつ人間は世界広しといえども彼一人かもしれない。

「僕は、警察に逮捕されたら、死刑だと思っていた。死ぬ覚悟があった。死んでもいいと思ってやったことで、まさか許されるなんてことは考えていなかった」

そう、佐川さんは言ったのだ。

「なぜ誰も自分を罰しないのか」と佐川さんは考えているように感じた。佐川さんを罰したのは「権力」ではなく「世間」だった。ご家族は佐川さんの事件のせいで苦渋を味わった。しかし権力は彼を罰しなかった。正常な判断力のある人間として罰しなかった。

彼は精神病だったのだろうか。私にはわからない。もし彼が病気ではなく、死刑を覚悟で自分の趣味嗜好を優先させたのだとしたら……。少なくとも、彼は病気扱いされたことで、強烈な空虚を感じていたのではないだろうか。自分が正気なのに罰せられないとするなら、それは自分の存在が認められていないからだ。見えているのに透明人間のように扱われる。そのことの方が人を狂気に追い込む。心が肉体や存在から乖離《かいり》してしまうと、心は生きる力を失い、妄想という自己発電装置が作動する。でも妄想によって供給されるエネルギーは、なぜか刹那《せつな》へと向かうのだ。

もし自分以外の誰かが「お前は精神の病気だから、お前にはお前の人生における責任能力がない」と言ったら、私は「冗談じゃない」と思うだろう。もしかしたら宅間容疑者もそう言いたかったのではないか。「俺は正気で人を殺すことができるのだ」と。それが俺だ。だから死刑にしろ、と。

以前に友人の精神科医がこんなことを言っていた。「人を殺したくてしょうがない人間が居るんです。それも人間なんです」と。

長いこと、「快楽のために人を殺す人は、心がどこか変なのだから、そういう人はちゃんと自分の間違いに気がついて、反省するまで治療しなければいけない。そして、反省し、責任を感じ、十字架を背負って生きることが一番の償いなんだ」と思っていた。

でも、このごろは少し違うかな、と思い始めている。「悪人を更生させる」という私の発想は「穴に落ちて、穴から這い上がる物語」の発想だ。

でも、もしかしたら友人の精神科医の言うように「人を殺したくてしょうがない人間」も存在するのだ。そして、そのような反社会的な趣味嗜好をもって生まれてしまったとしても、それが「彼」であるのなら、それは受け入れがたくとも受け入れなければ、何も始まらない。

「悪人の更生」という考え方だけでは、すでに人間を割り切れなくなっている。そう思う。

もちろん、その考え方を否定するのではなく、そうではない考え方も十分に存在し得るということだ。いろいろな考え方が存在し、さまざまな表現が可能なはずだ、ということだ。

『アメリカン・サイコ』は、宅間容疑者の事件の影響でビデオ販売が遅れるらしい。ラストになっても答えがまるで無い。深い虚無。「穴に落ちて、破滅、そして死」。その顚末《てんまつ》は、マスコミに報道されている宅間容疑者の生き様と相似形だ。先がない。人間はどんどん複雑に、そして多様になる。その人間が引き起こす犯罪もまた、多種多様だ。

だけど、およそ人間の想像し得ること、実行できることはすべて、人間的なことなのだ。

二〇世紀は浅薄に人間を定義しすぎたと思う。その奇異さや、可能性をうんと狭めた。

「人間」について語られる言葉の、その閉塞感《へいそくかん》から逃れたくて、私はこれらの事件を、やはり自分の知っている誰か、自分が体験した何かとすり合わせようとしてしまう。何か書こうとすると、結局、事件ではなく自分のことを語ってしまう。私という存在、こんなありふれた私ですら「人間の定義」からはみ出すことが多い。

「僕は穴に落ちて死ぬとか、穴から這い上がる物語よりも、そもそも落ちた穴とは何なのかについて、ずっと書こうとしている」そう村上さんはおっしゃっていた。寓意的《ぐういてき》な物語としての穴。それが何なのかを解体しようとするのが村上龍さんだ。それはとてつもない力技だと思う。

私もどちらの物語もイヤだ。穴だろうが、池だろうが、どこに落ちようが「私とあなた」という関係を私は描きたい。どのような「あなた」の前にも、「私」を晒《さら》して、「あなた」という鏡に映る「私」について描きたい。それが未熟ながら私の唯一《ゆいいつ》の方法論だ。

私は「あなた」の前に居続けたい。一人の他者として。

「あなた」によって照射される無数の自分にのみ執着し続けている。

「あなた」によって限りなく自分を解体することが、たぶん私の趣味だ。

だから私は、いっこうに観客としてのコメントが書けないのかもしれない。

えひめ丸の事故に思う

この一週間（二〇〇一年二月九日以来）、テレビでは「えひめ丸とアメリカの原潜の衝突事故」のニュースが繰り返し報道されていた。この事故に関連して「森総理の退陣問題」が夜のニュース番組でかなりの時間を占めていた。事故の知らせを聞いても、森総理はゴルフをやめなかった。総理の態度に非難が集中している。原潜に乗っていた民間アメリカ人のコメントも、暗記してしまうほど報道された。

でも、繰り返し繰り返しテレビの報道を見ていても、なんだか、この事件が自分から遠いのだ。どうにも、なにもイメージが湧《わ》き上がってこないのだ。自分が何を感じているのかよくわからない。

そうだ。私の父は遠洋マグロ漁業に人生の三分の一くらいの年月、携わっていたのだ。こんなときこそ父に話を聞いてみよう。

私はさっそく、この事故に関する父の感想を聞くために田舎に電話をした。

「ねえ、お父さん、つかぬことを聞くけどさ。えひめ丸とアメリカの原潜の事故、あれどう思う?」「ああ、あれか。あれはなあ、あの船は予定を変えたんだよ。あれがなあ……」

父は少し口ごもった。

「予定を変えた? それ、どういうこと?」

「あの船はよ、冷却機の故障で予定を変更してホノルルに寄港したらしいんだよな。あの辺は気温が高いからさ、クーラーが故障しちゃうととてもじゃないけど操業できないのさ。だから進路変更して寄港して、修理を終えてから慌《あわ》てて海へ出たんだろうな」

さすがにくわしい。

「それと、事故と、どう関係があるわけ?」

「関係はねえけどさ。海の上の事故ってのは、そういう変な偶然が重なって起こるんだよなあ。だって、おめえ、海は広いからさ、あそこでたまたま原潜の浮上時に上に居ることの方がよっぽど難しい。奇跡みたいな確率なんだよ。だけど、そういう事故はよ、皺《しわ》が寄るみたいにしていろんなことが重なって起こるんだよな。海じゃあ、そういうことがあるんだよ」

父はまず、えひめ丸の事故の偶然性に着目していたのだ。予定外の動きをしたえひめ丸が、何かからズレてしまったと思っているようだった。彼はけっして迷信深い人間ではない。でも、海で長年暮らした経験からの実感なんだろう。

「どうして、えひめ丸はわざわざ真珠湾沖で操業実習していたの？」

「あのあたりはマグロが多いからな。俺も昔はずいぶんハワイ沖あたりまで行ったもんだよ。マグロも多いけど、潜水艦も多いんだよ。米軍の基地があるから。だけど、俺が知ってる限り、潜水艦が浮上して漁船が沈没したってのは初めてだなあ。昔、日本の潜水艦と漁船が衝突した事故はあったけどなあ。なにしろあの辺は、進入禁止海域ってのがあって、そこには一般の船は入っていっちゃいけないんだ。もちろん、それ以外の海域だったら自由に操業していいんだよ。だからえひめ丸には何の落ち度もない」

「じゃあやっぱり、潜水艦の不注意なのかな？」

「そりゃそうだろう。下から浮いてくるものには船は無力だから。防ぎようがねえよ。レーダーにだってひっかからねえんだ。潜水艦の方が注意してくれなくちゃ、どうしようもねえんだ。かわいそうなことしたよなあ。若いのになあ。でもな、よくあれだけの人間が助かったよ。みんな海を知ってる人間だったから、あの状況でも半分以上の人間が助かったんだな。いくら海水の温度が高いって言っても、もし素人《しろうと》ばっかりが乗ってたら、全員、死んでたんじゃねえかなあ。もう慌てちゃってよ、海水を飲んでみんな沈んじゃってたよ」

海に落ちた時は死ぬとき、父は昔からそう言っていた。

「昨日、海に沈んだえひめ丸が発見されたね。あの船の中に行方不明者の遺体、あるかな」

「そりゃ絶対にある。俺はニュース見たときに、ああ、いっしょに沈んだなって思った。船底近くの機関室や娯楽室や食堂に居た連中が逃げ遅れて船の中に閉じこめられたんだよ」

かつて機関長だった父は断言した。

「海に沈んだ遺体ってのは、二、三日するとぶわっと海面に浮いてくるんだ。人間の身体《からだ》にガスみたいなのがたまってパンパンに膨らんで浮いてくるんだよ。それを土左《どざ》衛門《えもん》って言うんだ。米軍はそれを探していたんだと思うよ。でも、発見されてないってことは、遺体は船の中に閉じこめられていて浮いて来られないんだ。だから遺族は船を引き揚げてくれって言ってるんだよ」

「船内に閉じこめられた遺体はどうなるのかな？」

「魚が入って来られないような閉鎖された場所だったら、水温が低いから残ってるかもしれないなあ。わかんねえなあ。そういう経験はないからな。だが、なんにしても、骨くらいは見つかるはずだよ。その遺骨が欲しいんだよ」

「もし、お父さんが、自分の子供や兄弟、あるいは知りあいが、ああして船が沈んで船の中に閉じこめられたまま死んでいたとしたら、遺骨を引き揚げたいと思う？」

父はクールな人間だと思っていたので、諦《あきら》めると言うかと思った。でも答えは違った。

「そりゃあ、お前、そう思うよ。あたりまえだよ。海はなあ、本当に暗くて冷たくてさみしいんだよ。水深五〇〇メートルは暗黒の音のない世界なんだよ。色も光もないんだ。あんなところにいつまでも置き去りにしたくないよ。海を知っている親ならなおさらそう思うに決まっている。俺が縄船《なわふね》に乗っていた頃も、人が落水して行方不明になると日本の船は一カ月くらいは操業を止《や》めて捜索したよ。日本は長く探すんだよ。他の国の船は案外早めに捜索を打ちきるけどな。日本の船は探すねえ」

はっとした。いつも沈んだえひめ丸の映像は明るいブルーで放送されていた。でも、考えたらあれは特別な方法で撮影しているのであって、実際にはえひめ丸は真っ暗な世界に沈んでいるのだ。そのことを父の言葉から初めて実感したのである。もし、あの映像が真っ暗を印象づけるものであったら、多くの人はもっと別の感情をもったかもしれない。

「あの船、引き揚げること、できるのかな」

「どうかなあ。難しいだろうけど、金と時間がありゃできるかもしれないなあ。水深五〇〇メートルだろ？　人間は潜れない。引き揚げるときのワイヤーの取り付け作業ができないんだよ。ロボットがやるったって、どうやって操作する？　海上で引き揚げ操作するにしたって、海が荒れたらもうダメだ。金は何十億もかかるだろうなあ」

「それがわかっていても、やっぱり引き揚げてほしいと思う？」

「思うよなあ。ムダだと思われても、海を知っている人間は、よけいに、あそこから出してやりたいと思うよなあ」

　父には、事故の様子が私と違うリアリティをもって感じられているみたいだった。父と話をしながら、私もだんだん、えひめ丸が透明な青い海に沈んでいるのではなく、真っ暗な音のない世界に置き去りにされている……というイメージを持てるようになった。すると、その船の中に誰かが閉じこめられていると思うことに、ぞっとした。

その恐怖は、私の皮膚感覚の延長線上にある恐怖だった。

「大変な悲劇だ。心から遺憾の意を表したい」ラムズフェルド国防長官は二月一六日、訪米した衛藤征士郎外務副大臣に改めて謝罪した。

二月一八日付の日本経済新聞の記事はこう伝えていた。

「……もともと原潜側の責任が明白なうえ、事故当時、民間人が操作に関与していたことが後から報道で発覚。沖縄での放火事件なども同時多発的に発生し、対応を誤れば日本国民の反米軍感情に一気に火がつきかねないとの懸念《けねん》がある。

このため米側はいったんは打ち切ろうとした捜索活動を継続。『技術的に非常に難しい』(国防総省筋)という船体引き揚げも検討する構えだ。それと並行して『日米は利害をともにする強固な関係。同盟は五十年に及ぶ』(バウチャー国務省報道官)と日米関係の根幹を揺るがす事態ではないことも強調している。

ただ、米側に打つ手がなくなりつつある面も否《いな》めない。フォーリー駐日大使はAP通信のインタビューで『大統領が謝り、私が謝り、国防長官が謝り、国務長官も謝った。これ以上どうやって謝罪すればいいのかわからない』と漏らした……」

同じく一八日の日本経済新聞にはこんな記事も載った。

「……出たのはオレンジジュース一杯だけだった……。十五日午後七時半、米国のフォーリー駐日大使を急きょ外務省飯倉公館に呼んだ河野洋平外相は、約二時間にわたり衝突事故への米側の対応に注文を付けた。『おわびは行動で示してもらいたい』。外相は謝罪を繰り返す大使に、船体の引き揚げやより多くの情報提供を迫った。夕食時にもかかわらず食事は一切用意されず、会談はかなり重苦しい雰囲気だった。」

これ以上、どうやって謝罪すればいいのかわからない、と呟《つぶや》く駐日大使と、憤慨している河野洋平外相。なにかとてもちぐはぐだった。

この時、河野外相は、遺体引き揚げを望む遺族の気持ちを理屈ではなく、心でイメージできていたのかな。森総理はどうだろう。きっとイメージできないからゴルフができたんだろうな。

正直なところ私は日本の遺族の方々の気持ちを、父の話を聞くまで、なかなかイメージできなかった。テレビを見ながら、なんだか自分から遠いなあ、と、実感が伴わずに途方に暮れていた。頭で常識的に理解することと、感じることは別なのだ。

これからの時代は聴くことがとても大切な意味をもつんじゃないかな。耳を傾ければ、感じることができる。たとえ、自分のことではなくても。少し感じることができる。その実感を持たずして、きっと何も新しい解決策を見いだすことはできない。当事者のそれぞれの言葉を、それぞれが聴こうとすれば、そこには必ず、なにかしらの変化が心に起こるものだ。鎮魂とは、死者とともに行う創造的仕事。私はそう思っている。

…………


そして、今、えひめ丸の引き揚げが難航している。

事件から半年以上が過ぎた。

いや、たった半年だ。

でも、まるでもう何年も経《た》ったような、そんな気分で引き揚げ状況のニュースを聞いた。

森総理は退陣した。

米原潜の艦長は遺族に正式に謝罪した。

家族も謝罪を受け入れた。

しかし、その後の経緯は当事者以外にはなかなか計り知れない。

遺族同士にも意見の食い違いがあったようだ。

いろんな問題を提示し、さまざまなドラマを生みながらも、えひめ丸の事件はゆっくりと報道場面から消えた。

すでに私のなかでえひめ丸は遠い。

「鎮魂とは、死者とともに行う創造的仕事」

半年前に自分が書いた言葉を読み返す。

薄れる記憶のなかで、この言葉の軽みに、自分ががく然としている。

報道って何だろう？

一九九八年一月八日、シンナーを吸った十九歳の少年が、文化包丁で通学中の女子高校生や幼稚園児（当時五つ）、その母親を次々に刺し、園児を死亡させたうえ、子供を守ろうとした母親や、女子高生に重傷を負わせた。

逮捕された少年は、大阪家裁堺《さかい》支部の少年審判で検察官送致が決まり、同年三月に起訴された。一審・大阪地裁堺支部は二〇〇〇年二月二四日、懲役十八年の判決を言い渡した。

「新潮45」という雑誌が、この少年を実名で報道し顔写真を掲載した。少年側は、この報道に対して少年法に基づく「実名で報道されない権利」を侵害されたとして、発行元の新潮社などに計二二〇〇万円の損害賠償を求めて訴訟を起こした。

この訴訟は「マスメディアの表現の自由」をめぐって争われ、一審・大阪地裁は一九九九年六月、少年事件で実名報道が許される範囲を厳しく制限する判決を言い渡した。「新潮45」側はこの判決を不服として控訴。

そして、二〇〇〇年二月の二九日、大阪高裁は一審・大阪地裁判決を取り消して請求を棄却し、新潮社側逆転勝訴の判決を言い渡した。

たまたま土曜日の朝にテレビをつけたら、この判決に関する番組が放映されていた。スタジオには「新潮45」の石井さんという編集長と、殺人を犯した少年の側の代表である弁護士さんが生出演していた。

判決が出た直後のせいなのか、二人のテンションはけっこう高かった。「新潮45」の石井さんは、勝訴したこともあって自信たっぷりな感じだ。

「我々マスコミは、少年法を無視しようと言っているわけではない。法律は例外を認めていると言いたいだけだ。その犯罪が非常に重大で、社会の関心事であった時には、少年法よりも報道の自由が優先されるという事を主張したかった」

という趣旨の事を繰り返し語っていた。「被害者も、そしてその周囲の人たちもみんな知りたいですよ。犯人がどんな人間なのか」と、石井さんは言うのだ。

それに対して弁護士さんは「もし、犯人が逃走していてさらに犯罪を重ねるような場合なら、実名報道や顔写真公開も公的な意味があります。でも、今回は、犯人が逮捕されてからの報道です。実名や顔写真をあえて入れる必要はなかったはずです」と反論する。

スタジオにはジャーナリストの猪瀬《いのせ》直樹《なおき》さんもいて「日本では被害者の人権が無視されて、加害者の人権ばかりが守られる傾向にあるのじゃないか。その事の是非をこの判決は暗に指摘しているのではないか」という意見も述べていた。

私は遅い朝ごはんを食べながら、このテレビ画面の向こうのやりとりをぼんやりと観《み》ていた。隣では三歳の娘がみそ汁をこぼしている。

もし、シンナーを吸って前後不覚になった青年が、いきなりこの娘を殺したら……と思うと、想像しただけで怒りと恐怖がこみあげる。

一般庶民の私は犯人の言い分に理不尽さを感じてしまう。自分はシンナーを吸って罪もない弱い子供を殺傷しておきながら、よくもまあ臆面《おくめん》もなく自分の人権を主張できたもんだな、と思うわけだ。

だいたい、少年法に守られたこの加害者は、「新潮45」が報道しない限りその顔はわからない。もし出所しても誰だかわからない。一般市民の私としては、そんな危ない人の顔は覚えておきたいと単純に思った。そして、子供を守らねば……みたいなことを、まずは瞬間的に考える。

つまり、この時点では「報道、大賛成、悪い奴《やつ》の顔は見たいぞ」と、単純に思ったのである。

スタジオ内も、この「表現の自由」を支持する意見がちょっと優勢だった。弁護士さんは形勢不利である。「あなた方、人権派の弁護士さんは加害者の肩を持ちすぎる」と言われて、「私は被害者の方の弁護もします」と怒っていた。

弁護士さんは寄ってたかって「人権派」とか「加害者びいき」と言われて、かなり不本意だったようだ。彼が言いたいのは一貫して「少年法六十一条という法律をそんなに簡単に曲げてしまっていいのか」という事のようだった。

「確かに、被害者が加害者情報を得られない状況には問題がある。少年法という法律が時代の状況とズレてしまっているという現実もある。だが、だからと言って、今ある法律を曲げていいという事にはなりません。もし少年法に問題があるなら、それは制度として見直すべきであって、それを判決に反映させるべきではない」

「しかし、このような形でマスコミが問題提起することによって、少年法の問題が浮上してきて議論になるのだ。だから『新潮45』の行った実名報道には問題提起したことの意味がある」

喧々《けんけん》囂々《ごうごう》と議論が続き、だんだんと石井編集長と弁護士さんは感情的になってきた。そして、弁護士さんは石井編集長に対して「売り上げを伸ばしたいから実名報道したわけじゃないですか」と噛《か》みついていた。

一般大衆な私は「そりゃそうだろう。売れてナンボだもんなあ」と思う。この弁護士さんもなかなか言うなあ……。でも、「売りたいから顔を載せたんじゃないか」という弁護士さんの言い分はテレビの前の私には、どちらかと言うと負け犬の遠ぼえっぽい印象があった。

ここまで、議論の流れは「新潮45」側の優位に感じられた。スタジオの雰囲気も「重大な犯罪を犯した人間の実名を公開するのは、犯罪が低年齢化、凶悪化した現代社会においてある程度必要である」という雰囲気だった。

ところが、この後で、石井編集長は、弁護士さんに向かってこう言ったのだ。

「あなたにも幼稚園に通うお子さんがいらっしゃると聞いています。もし、あなたが被害者の立場になったらあなたは同じ事を言えますか」

すると弁護士さんは一瞬黙って、それから「その事は、こういうテレビカメラの前、公《おおやけ》の場で言っていただきたくはありませんでした」と低く呟《つぶや》いたのである。

テレビの前の私は「ああ、この人にも幼稚園児の子供がいるんだな」と思った。そして、ぞっとしたのだ。いったい何人の人間がこのテレビを観ていて、そしてその事を知ったのだろうと。

彼がサラリーマンだったら、彼に幼稚園児の子供が居ることがテレビで報道されてもなんてことはないだろう。だけども、彼は弁護士で、そして「幼稚園児を殺した少年の人権の弁護」を、どちらかと言えば厳しい世論の中で行っている人なのだ。

その彼のナイーブな立場を想像すると、彼の「そのことは言ってほしくなかった」という気持ちがよくわかる。彼は親として子供を守らねばならない。私も、彼の立場なら同じ事を思うだろう。

彼に幼稚園児の子供がいたとしても、それは彼の仕事とは関係ない事だ。関係があっては困る。それは彼の守られるべきプライバシーである。それがいきなり、彼の顔のアップとともに公開されてしまったのだ。

急に今までの議論が無意味に思えた。石井編集長という方が、どのような英断で実名報道に踏み切り、そして顔写真を公開したかは知らない。その場に居たわけではないからわからない。

だけど、今、この瞬間に、テレビの生番組で、私は裁判に勝訴したマスコミの代表のような人が、一人の男性のプライバシーを侵すのを、見てしまったのだ。

報道って何だろう。報道の自由って何だろう。

このときに漠然と考えた疑問は、その後も、どんどん膨らんでいった。

凶悪事件が続くなかで、加害者の人権を保護しようとする弁護士に冷たい視線が向けられている。居酒屋でテレビニュースを観ていたら、店の常連客がテレビに怒鳴っていたことがあった。

「なんだよ、この弁護士は、なんでこんな奴の肩を持つんだ、バカタレ」

私も、ときどき同じような怒りを感じてしまうことがある。そして「いやいや、裁判というのは公正であるべきだ」と自分に冷静さを取り戻させようと努力する。でも、感情的には残忍非道な犯罪者を弁護する弁護士に、親近感はわいてこない。

私が子供だった頃、弁護士という職業のイメージは熱血漢で、正義派で、弱者の味方だった。

弁護士という職業の質が変わったわけではないのに、なぜ弁護士のイメージは変わってしまったのだろうか。たぶん、犯罪者の質が変わったからだろう。

かつて人間が犯罪を犯すにはそれなりの理由があると思われていた。「差別」や「貧困」などという理由だ。いかんともしがたい事情によってやむなく犯罪に走る人間像が加害者とだぶっていた。ところが昨今は「理由なき犯罪者」が増えている。明快な理由のない短絡的な犯行、快楽のための犯行が増えているかに見える。そして、そのような理不尽な犯罪者を弁護する弁護士の立場は、その職域が変わっていないにもかかわらず変化しているのだった。

二〇〇一年、木村拓哉《たくや》さんが主演した人気ドラマでは、検察官が正義の味方として描かれていた。

それを観た友人の森達也監督が「検察官がヒーローになる時代が来るとは信じられない」と嘆いていた。

検察官は国家権力であり、かつて国家権力は個人を潰《つぶ》す存在だった。そのように認識している大人がたくさんいた。ところが今や若い世代では国家権力の担《にな》い手は正義の味方なのだ。

そんな中で世論の追い風を受けて「報道」は「事実を伝える」と言う。

確かに「幼児を殺傷した恐ろしい犯罪者の顔」を知っておきたいと私は思う。子の親として。

だけど、事実とは「犯罪者の顔」のことなのだろうか、とも思う。

伝えるべき事実とは「犯罪者の素性」のことなのだろうか。


後日、「新潮45」が実名報道をした事件の、加害者の少年を知る弁護士の方からメールをいただいた。

「彼がシンナーを吸うようになった過程には、彼の非常に辛《つら》い生い立ちがあります。決して享楽的《きようらくてき》な理由からシンナーに走ったのではないと思います」という丁寧な内容だった。もちろん、メールの情報はすべてが正しいと判断できない。だけど、あえて信じることにした。そこに記されていた少年の生い立ちはあまりに過酷で、私はやはり一人の親として、少年の魂が救済されることを祈る。


私はとても弱い、感情的な人間だ。

悪い情報を与えられれば、いくらでも残忍になれる。冷徹になれる。そんな自分を怖いと思う。

だけど、残忍さと同じ分量の優しさも、思いやりも、愛も、私のなかにはある。そして、誰のなかにもある。

私たちは、今ここで見ているもの以外の事を知ることができない。知らせたい誰かによって知るのみ、だ。事実なんてめったに伝えられるものではない。報道する人は、知らせたい事を知らせている。

私は人間を信じたい。だから、そのように書くのだ。そのように知らせたい。片寄っているかもしれないが、自覚している。

幼児虐待《ぎゃくたい》と子猫と私

この三カ月の間に十一件の幼児虐待事件が起きていて、そのうちの九件で、虐待された子供たちが亡《な》くなったそうだ。

つい最近も二十一歳の両親が四歳の娘をダンボール箱に入れたまま納戸《なんど》に閉じこめて死亡させた。

報道によるとこの子は四歳になるというのに発育不全のためハイハイしかできず、自力でダンボールを出ることが出来なかった。長いこと同じ姿勢でダンボールの中で寝ていたらしく、遺体には床ずれの跡があったという。

仮にこの子が自力でダンボールを這《は》いだしたとしても、助けを求めて家の外に出ることなど、たぶん四歳の子供にはできなかったろう。私にも四歳になる娘がいる。四歳児は親の庇護《ひご》のもとで生きている弱者だ。しかも、親を愛している。幼児はどんなに親から虐待されようと絶対に親への愛を失わない。親がいなければ生きられない幼児にとって親への愛は本能なのだ。母性が本能なのではない。母親は子供がいなくても生きていける。親に対する幼児の愛こそたぶん生き物としての人間の本能なのじゃないかと私は思う。

なぜそんなひどいことを……と言うのは簡単だ。若い両親を非難することは容易だけど、自分のことを振り返ると私は暗澹《あんたん》とした気分になってしまう。もし私が二十一歳で子供を育てていたら、と考えると、恐ろしい。自分も同じ事をしなかったか……と思う。正直なところ自信がない。

私は三十八歳で高齢出産で子供を産んだ。

子供のない人生もそれなりにいいかな、と諦《あきら》めかけていた矢先の妊娠だった。仕事もしたし、旅行もしたし、恋愛もしたし、いっぱい遊んだし、やり残したことと言えば文章を書くことくらいだなあ、と思っていた矢先の妊娠だった。三十八歳の私はさんざっぱらバカをやってきて、すでに老境の域に入っていた。おばさんと呼ばれる年齢だ。女としては下り坂だし、いまさら夜通し遊び回りたいとも思わない。徹夜すると目に隈《くま》ができて見られたもんじゃないし、肉も垂れてきてあんまりお洒落《しゃれ》もできなくなった。

若さに適度な諦めが入った時期に子供を産んだ。経済的にも精神的にも安定していた。

だから、なんとか育てて来られたのである。

二十一から二十三歳の三年間、私は荒れていた。

あの年代が私にとって絶不調の時だった。職を転々としていた。とにかく何をやってもうまくいかない。うまくいかないというよりも、何をやっても不満足だった。文句ばっかり言っていた。体調は悪いし、お先真っ暗だし、金はないし、男には振られっぱなしでロクなもんじゃなかった。

あれは、ちょうど丸の内のＯＬを辞めた頃だった。

私はその職場で、年上の先輩女性社員からイジメにあっていた。同じ部署に五歳年上の女性社員が二人いて、入社してから一カ月足らずで私はその二人と決裂した。就業中、二人は私の存在をまったく無視して、一切、口をきいてくれなかったし、ずいぶんとひどいイヤミを言われた。

「あなたってさ、いかにもダラしないって顔してるわよね」

「あら、あなたでも恥ずかしいってことがあるの？」

「ちょっと触らないでくれる？　汚らしい」

等々。実にさりげなくこういう言葉が二人の口から出てくるのである。私にはそれまで他人を愚弄《ぐろう》するボキャブラリーがなかったので、とても驚いた。世の中には映画に出てくるようないじめ言葉を本当に使う人がいるんだなあ、と感心したくらいだ。若くて突っ張っていたので、妙に頑《かたく》なになっていた。

同じ部署の男性社員から「新人いじめは毎度のことだけど、アンタは態度が悪いからよけいイジメられるんだよ」と言われた。

今、思うと変な職場だった。

自動販売機の商社なのだけど、そこの会社の総務の中年女性社員二人は、向きあって座っているのに「お互い、もう五年、しゃべった事がない」と言っていた。古い体質の中小企業で、女子社員は十人くらいしか居ないのに、ちっともお互いが打ち解けていない。だけど、そういう職場ってもしかしたらけっこう多いのかもしれない。

完璧《かんぺき》な孤立状態にさすがの私もメゲてしまって半年で退社した。自分では傷ついているつもりはなかったのだけど、半年間のいじめは私の自尊心を見えないところでメタメタにしていたようだ。その後、泣きっ面《つら》にハチのように男に振られて、なんだか死にたいような一年間だった。

そんな時、友人のひろ子ちゃんがやって来て、私に子猫を、なかば強引に押し付けて行った。ひろ子ちゃんはスタイリストをする傍ら、アムウェイの洗剤や鍋《なべ》を売っていて、当時はすごく羽振りが良かった。

お洒落なマンションに住んでいて、モデルみたいなかっこいい彼氏がいた。スポーツタイプの赤い外車に乗っていた。「あたしってラッキー」が彼女の口癖だった。「だってさ、あたしみたいな駆け出しのスタイリストが独立するのって五年も十年もかかるのよ。だけど、あたしの先生がいきなり引退しちゃったから、あたしはその先生の仕事、全部引きついじゃったの。これってすごいラッキーでしょ、それにね、おじさんがやってるアムウェイを手伝ったら、ものすごくうまくいっちゃって。いまは毎週、地方で説明会があるんで忙しくって」

その彼女がいきなりやって来て「ねえねえ、猫もらって」と言うのである。自分が長年飼っていたメス猫が妊娠して子猫をたくさん産んでしまったと言うのだ。

人生が好調な人には独特の強引な押しがあり、私のようにメゲている人間は圧倒されてしまう。私は子猫どころじゃなく、自分が食うのもままならない状態だったのだけど、なぜか断れずに子猫をもらってしまった。もしかしたら寂しかったのかもしれない。

「ちゃんとトイレ・トレーニングはしてあるから」と、ひろ子ちゃんは子猫を置いて去って行った。私は猫に「シコメ」というひどい名前をつけた。なんだかそういう気分だったのだ。猫は生後二カ月くらいで、ふわふわでかわいかった。

いかに猫がかわいいといえども、私は食べるために働かなければいけない。その当時、昼と夜と掛け持ちでバイトをしていた。昼間はステーキ屋のウェイトレス、夜はホステスのバイトである。朝、家を出ると帰って来るのはもう夜中なのである。

夜中に帰って来ると、シコメが狂ったように泣き叫んで私の足にまとわりついて来る。エサは十分に置いてあるのだけれど、猫も一日中部屋に閉じこめられてさみしかったのだろう。

当時の私には、その猫の泣き声が自分を責めているように聞こえてたまらなかった。たぶん私には、あの時、たった一匹の猫を養育する心のゆとりもなかったんだと思う。

ストレスと過度の飲酒でかなり肝臓を悪くしていて、いつもダルかった。ダルいから、あらゆることがルーズになる。すべてが後手後手に回る。悪循環の繰り返しで、大切なチャンスを幾つも逃して、その度にさらに落ち込んで行った。

そんな状況だから覇気がなく、男にもちっともモテなかった。寂しいもんだからよけいに明け方まで飲んだ。飲んで帰ると猫がぎゃんぎゃんと私を責めるのである。

「なんで帰って来ないんだよ、なんで世話してくれないんだよ、さみしいよ、もっと居てよ、遊んでよ、一人にしないでよ、大事にしてよ、にゃんにゃんにゃんにゃん」

私にはシコメの声がそう聞こえる。そう聞こえてしまう。猫の言葉は私の心の声だ。本当は私が誰かにすがりつきたかった。

一人にしないで、誰か私をかばって、私を大切にして、私を愛して。

ある晩、私は自分の店で悪酔いしてタクシーで帰って来た。

誰もが名前を知っているような大きな商社の営業マンのお客が、私を銀座からタクシーで送ってくれた。その男はタクシーの中でずっと私のおっぱいを触るのだ。アパートの前に着くと「寄ってもいい？」と聞く。「ダメ、ルームメイトがいるから」と断ると、男は別れ際《ぎわ》にべろんと私の唇を舐《な》めたのだ。キスじゃなく、アイスクリームを舐めるみたいに、べろんって。吐きそうになった。ムカつきながら帰って来て、部屋の電気をつけたら、ストッキングの足下に黒い粒々がたかっているように見えた。え？　私もついにアル中になったかとがく然とした。アル中になると虫の幻覚を見るようになると以前に聞いていたからだ。

よくよく眼をこらして見ると、その黒い粒々はノミだった。部屋を閉めっぱなしにして猫を飼っていたので、部屋の中で猫のノミが繁殖してしまったらしい。まったくなんてこった。それなのに猫はぎゃんぎゃんと泣き叫んでいる。養育放棄されていた子猫は、愛情不足から半ノイローゼ状態になっていた。鳴き方も半端《はんぱ》じゃない。悲鳴である。猫も悲鳴をあげるのだ。足にからみついて悲鳴を上げて何かを訴えて来る。

「うるさい」

私は足で猫を蹴飛《けと》ばした。

何かもう、本当に辛《つら》くて苦しくて、それなのに私を悩ますこの猫を殺してやりたいと思っていた。猫に罪はないのはわかっている。でも、猫が鳴くと、まるで自分を無能無能と責めているようにしか聞こえない。

蹴飛ばしても蹴飛ばしても子猫は足にまとわりついてくる。その子猫をさらに何度も何度も蹴飛ばして「うるさいっ、もういいかげんにしてよ」と一人で泣き叫んで暴れ回った。

「おまえなんか、貰《もら》わなければよかった、おまえなんか大嫌いだ」

猫を相手にヒステリーを起こして物を投げつけた。

まったくアホである。その晩はノミのことが気になってほとんど眠れなかった。布《ふ》団《とん》の中でめそめそ泣いた。このままでは気が狂いそうだと思った。

私はこのままどうなっちゃうんだろう。こうやって誰にも認められずに一生を終わるのかな。このまま水商売に身を沈めてアル中になってのたれ死ぬのかな。

なんだか何もかも嫌になってしまった。

あの晩は、死ぬことを、少しだけ考えた。


眠れずに、翌朝、早くに起きだして、窓を開けた。

いくぶんでもノミから逃れられるかと思ったからだ。それから、せっかく早起きしたのだからゴミを出そうと思った。猫のトイレもずいぶんと取り換えていなくて異臭を放っていた。臭くてかなわん。それを捨ててゴミ袋に詰めた。

そして、ゴミを出そうと部屋の扉を開けたら、子猫がぴょん、と外に飛び出したのだ。子猫が自分から部屋の外に出たのは、たぶん初めての事だったと思う。

「なんだよ、おまえ、どこ行くんだよ」

私が呼ぶと、猫はちょこっと後ろを振り返ったけど、そのまま朝日の当たる舗装道路をトボトボと歩いていく。シコメは生まれてから一度も外に出たことがないハズだから、さぞかし外は恐ろしいだろうと思うのだけど、ノロノロと、でも一直線に道路を歩いていくのだ。

私は、その子猫の後ろ姿を茫然《ぼうぜん》と見ていた。

追いかけるつもりはなかった。心の中でいなくなってくれた方がいい、って思っていた。そしたらどんなに気が楽になるだろうってほっとしてた。

今でもよく覚えている。本当に天気の良い朝だったんだ。なんだか子猫の方がずっと清々《すがすが》しく、勇敢に人生に足を踏みだしているように見えた。捨てられたのは私の方だ、と思った。

私は子猫に捨てられた人間なんだ、って思った。

あんなチビ猫に、私は見限られたんだ、ってそう思った。

薬局でバルサンを買って来て、部屋に焚《た》いて、そしてその日もバイトに行った。夜中に帰って来たらバルサンの威力は強烈で、ノミはいなくなってた。シコメもいなくて、部屋の中はすごくシンとしていた。

私は懐中電灯をもって、アパートの周りを歩き回った。「シコメー、シコメー」と呼んでみたけど、子猫はどこにもいなかった。

ぽつんと一人の部屋で酒を飲んでいたら、また、朝の光景が思い出されて来た。なにか決意したように、でもどこか脅《おび》えながら、歩き去って行ったシコメの後ろ姿。そして捨てられた飼い主の私。

なんだろう、あの時、猛然と思った。このままじゃいかん。絶対にこのままじゃダメだ。そう、心から思った。そして、その後に私は必死で自分の人生を立て直すんだけど、そのきっかけになったのは、あの朝、子猫に捨てられたことだと思う。

今もときどき、私は、出て行ったシコメのことを思い出す。あんな小さいくせに、飼い主を見切って出て行った、あの子猫のことを思い出す。そして自分は、子猫に捨てられてしまうような、子猫を虐待《ぎゃくたい》するような、そんな弱い人間であることを思い出す。

ずいぶん長いこと、猫も育てられなかった自分に子供が育てられるだろうか、と怖かった。私は人生が安定してから子供を産んだので、今でこそお気楽に子供を育てているけれど、十七歳の時に産んでいたらどうだったろう。考えるだけで怖いよ。避妊もせずに男と寝て、うっかり妊娠して産んでいたら、泣いてる子供を殴っただろうか。自分が愛されたくてたまらない時に、子供を愛せただろうか。……わからない。

シコメは、あの後、どんな運命を生きたんだろう。

長生きしたかなあ、死んでしまったかなあ。
あのときは、ほんとに、愛せなくて、ごめんなさい。

欲望という名の出会い系サイト

「出会い系サイトについてどう思われますか？」

「ネット上で見知らぬ人と出会って犯罪に巻き込まれる女性が増えていますが、それについてお話を伺いたい」

「インターネットにおける性犯罪は今後どうなると思いますか？」


……というインタビュー依頼をものすごくたくさん受ける。

それは私の本の帯に「インターネットの女王」などという怪しい文句が書いてあるからだろうか。たぶん、そうなのだろうな。とほほ。

「インターネットの女王」というキャッチ・コピーは幻冬舎の見城徹さんがつけてくださったものだ。正直言って、最初に見たときは本人である私が一番ギョッとした。

私は網タイツもレオタードもハイヒールも持っていない。日常的に愛用しているのは長靴である。どっちかと言えば「インターネットの女中」という感じだ。

最近になってもまだ、近所のお母さん友達から「よっ、インターネットの女王！」などとからかわれ、怒りながら赤面している。ランディというペンネームも妙だし、私ってきっとすごく変な女だと思われてるんだろうなあ。だからやたらとエッチ系サイトのコメント依頼が来るのだろうなあ。

それはともかくとして「出会い系サイト」のことなのだった。

食べることに不自由しない平和な国に住んでいたら、人間が刺激を求めるのはいかんともしがたいと思う。男の人はもちろんのこと、女だって刺激がほしい。私が旅行に行くのも、東京に出て行って酒を飲んで酔っぱらうのも、山登りしたり、海に潜ったり、カンボジアに行って地雷原を歩いたりするのも、いろんな理由をこじつけてはいるけれど「刺激がほしいから」だと思う。刺激的に生きたい。毎日でなくてもいいから、たまには刺激がほしい。そうしないと生きているという実感が薄くなってしまう。

刺激とは、たぶん「適度のストレスと快感」なのだと思う。

かつて「過度のストレス」を感じるほど仕事人間だったときは、刺激が欲しいなんて思わなかった。「ああ、温泉にでも入ってのんびりしてえ」と思っていた。会社を辞めて田舎に引きこもり子育てに専念するようになったあたりから、私は飢えた野獣のように刺激を求めだした。ある程度のストレスがかかっていないと、生きているのがかえってしんどいのだ。

なかでも一番刺激的な刺激は「異性との出会い」である。他の人はどうかわからないが私にとってはそうだ。四十歳を過ぎた今もなお「男と出会って恋愛したい」と心のどこかではいつも思っている。夫も子供もいるけれども「誰かを好きになってドキドキしたい。願わくば相手から求められたい」という欲求は消えたことがない。

もちろん、さすがにもう人生を折り返しているイイ年なので、いくら欲求があったって、闇雲《やみくも》に恋愛沙汰《ざた》に突っ走ろうとは思わないが、チャンスがあって、イイ男がたまたま落ちていたら拾ってもいいかな、くらいには思っているのだ。たぶん、私は十年たっても、二十年たっても、変わらないと思う。

もともと十数年前にパソコン通信を始めたのも、半分はナンパ目的だ。かつてネットの黎明期《れいめいき》、女のネット人口は男の一〇分の一くらいしかいなかった。この頃は女だというだけでモテた。いい時代だったなあ、と思う。その当時、ネットで知りあって結婚したカップルを「パソ婚」などと呼んでいた。

私はその「パソ婚」したカップルの結婚式に十二組も出席している。だから、私の人生で「ネットで知りあって結婚する二人」はポピュラーな存在であり、いまさら「出会い系サイト」をうんぬん言う気もしない。ネット恋愛もネット結婚も、しょせんは人間のやることだ。出会うきっかけが何であろうと恋愛の本質にそう変わりはない。

私のように十年以上もネットワークに慣れ親しんでいると、ネット上で知りあった友人ともすでに十年のつきあいになり、もう遠い親戚《しんせき》のようだ。お互いにメール交換もしなくなる。用があるときは電話する。その方がてっとり早い。メールはいかにも双方向のメディアのように思われがちだが、実は違う。時間差がある。二人の人間が同時にインタラクティブするわけではない。距離のある孤立した人間同士のメディアなのだ。うーんと親しくなってしまうと、これはうっとうしい。相手の反応をじかに感じたいと思うようになること、それが「つきあい」ってもののような気がする。

ネット人口は爆発的に増えている。携帯電話がインターネットと繋《つな》がったことが大きな要因だ。かつてパソコン通信は一部のマニアの秘密クラブのような世界だった。しかし、今は、大衆化した。参加人口が増えているのだから、利用者の裾野《すその》が広がり、事件が増えるのはあたりまえのことだ。いろんな人がいる。いい人もいるけど、悪い人もいる。いろんな人を取り込んでいく。だから事件が増えるのだ。事件はネットが引き起こすわけじゃない。人間が引き起こすのだ。

ネットの世界は人間がバーチャルに作った人間の内部構造みたいなもんである。男と女が出会って、そこで刺激を求めあいたいという内的ニーズが転写されて、出会い系サイトが生まれる。そこにあるのは「インターネットの落とし穴」ではない。人間の欲望の落とし穴が開いているのであって、インターネットという道具に罪はない。人間に危険があるとすれば、それは人間が危険なのだ。インターネットが危険なのではなく、生きている人間が危険なのである。

およそ、人間くらい危険な存在はこの世にいないのであり、人間に比べたら野生動物の危険など本当に微々たるものだと思う。ヒグマだって、ライオンだって、ゾウだって、人間に比べたらシンプルでわかりやすい。恐怖や空腹感以外の理由で他者に危害を加えるのは人間くらいだ。とにかく最も危険で、理解しがたいのは人間である。

一人ぼっちで寂しいのも人間なら、親を殺したいほど憎むのも人間だけだ、狂おしいほど他者に執着してしまうのも人間だし、同じ種なのに殺し合うのも人間だ。人間ならでは……だ。この妙な人間的欲望が社会を形成し文化を生み出して来た。その結果としてどうしようもないほど人間的な都市を作って来た。

渋谷も新宿も、ニューヨークも北京《ペキン》もパリもロンドンも、動物はこんな都市を作らない。本当に人間的なあまりに人間的な世界がいま、ここにある。そしてインターネットも人間が作ったシステムであり、あまりにも人間的である。およそ人間がやることはすべて、ネット上に転写されていく。

繋がりたい、という狂おしいほどの欲望が転写され、バーチャルの世界は増殖した。

初めてメールをやりとりした頃のことを思い出す。

私は五歳年下の男の子とメール恋愛にハマっていた。一時間おきにメールボックスをチェックする。いや、多いときだと十分おきだった。メールのことしか頭になかった。

私がメールする。すると、相手の返事が届く。

相手はメールを打つ時間、確実に私のことを考えているはずだ。私も返事を出す。返事を書いている時は相手のことしか考えていない。誰かのために費やす時間の多さは愛情に比例しないだろうか。絶対とは言わないけど、かなり比例してるように思う。見知らぬ異性であればなおさらのこと、お互いの占有時間の多さがエスカレートしていくのが恋なんだと思う。

メールというのは「形」がある。文章がある。

そこがわかりやすい。確実に、この文章に費やした時間、私は相手を独占している。それが実感できる。この独占欲を満足させちゃうから、会わなくても恋愛が成立してしまうのだ。

誰かが私の知らないところで、私のことを考えてくれている。

それがメールだ。メールはあらかじめ私について考えていてくれた他者の存在を、私に教えてくれる。

メールが届く。このメールを送った相手は確実に数十秒前に私のことだけを考え、文字を打った。その事実の証《あかし》として、メールが届く。

私のために文面を考え、私のアドレスに送ってくれる。メールは「あなたのことを覚えてますよ」という他者からのメッセージだ。そして、私はなぜか、誰かが私について考えていてくれるとほっとする。

ああ、私のことを、私が知らない間に思い出している人がいる……と。それくらい私は寂しい存在だ。私のことを誰も思い出さないとき、私は消されたような気持ちになる。

もし、この世界の誰も私を思い出さなくなったら、私は死んでいるのと同じではないか、と思う。おかしなことだ。私が認識しているからこの世界があるのに、私がこの世界の主体であるのに、私は世界から認められたいと思う。私が世界を好きなように、世界も私を愛してほしいと願う。それは、私がたぶん、意識というものを獲得して、世界と自分を分けたことの代償として与えられた孤独なのだろう。

メールがエスカレートしていくと、もっと直接的に自分の欲望を満たしたくなる。かつて出会い系サイトで、私が求めていたのは「欲望の対象」だ。私を認めてくれる誰か。私が知らないときに私について考えてくれる誰か。メールを送ってくれる誰か。私を求めてくれる誰か。私をセックスで満たしてくれる誰か。そのような存在を求めている。自分の欲望を満たしてくれる誰か。

このとき、私は、同じように自分も誰かの「欲望の対象」になっているとは思わない。

そんなことは金輪際考えもつかない。私が主体的に欲望の対象を探しているのだと思っている。だけど、出会い系サイトには「誰かの欲望を満たしてあげよう」と思っている人はいない。

自分の欲望の対象を探している人だけが、集まっている。それが出会い系サイトだから。

自分の欲望と、相手の欲望が一致すれば、関係は成立する。でも、ズレれば事件になる。何度も言うけれど、出会い系サイトには「誰かの欲望を満たしてあげたい」という人はいないのだ。

自分が相手を欲望の対象にしているように、相手も自分を欲望の対象にしている。そのことを認識していれば、たぶん、それほど怖い目にあうことはないと思う。出会い系サイトで出会うどんな相手も、あらかじめ自分の欲望に忠実なのだ。「私の欲望」と「あなたの欲望」はズレているかもしれない。そのことを常に認識していれば、危険は避けられる。

自分の欲望のために相手を利用しようとしているのは「お互い様」だ。悪いことではない。欲望を求めるのは自由だし、相手の欲望と自分の欲望が一致すればこんなにすてきなことはない。

出会った瞬間から、私は「目の前にいる相手の欲望の対象」である。

自分のロマンチックな欲望を相手に投影する前に、相手の目に自分がどういう欲望の対象としてうつっているのか見極めればいい。

チャットで出会って、メール交換して、それから食事に誘う。

初めて二人が出会う瞬間、女はセックスしようとは考えていない。女が考えているのは恋愛の先にあるセックスである。

だけど女は、自分に欲望の目が向けられるのを「好意」だと思ってしまうところがある。

男の欲望の対象にされてきた長い歴史が価値観に染《し》みついているのだ。私は若いころはそれでだいぶ痛い目にあった。男の欲望の対象になることが、女としての価値のひとつだと錯覚していたからだ。

それでも、出会い系サイトには出会いはある。確実にある。ないよりはずっとマシである。僕らはみんな生きている。生きている限り、刺激がほしい。

旅のテンションを生きる

どういうわけか二人旅に出ることになった。しかも女友達と。

「青森にいつ行く？」

と電話がかかって来たのは、ちょうど仕事が一段落したときだった。

「え？」

「約束したじゃない、この間の飲み会のときにいっしょに青森に行こうって。夜行列車に乗ろうってさ」

「あーーー！」

そういえばそんなことを言ったなあ。いや、彼女がほとんど旅行などしたことがないとおっしゃるから、旅はいいよ、やっぱり旅に出ないと人間に深みが出ないよね、などと熱弁をふるったのである。その結果、じゃあいっしょに連れてってよということになった。

内村泰子はパソコンライターである。パソコン雑誌に記事を書いているので、編集者とのやりとりもほとんどメール。だからメールを書いたり、パソコンでチャットすることはあっても生の人間と言葉を交わすことはほとんどないと言う。

「ハッと気がつくと三日くらいしゃべってなかったことってあるのよね」

「え〜？　誰とも？」

「そうなのよ。私は今、完全に昼夜が逆転してて、朝の六時頃まで仕事してそれから寝るという生活なのね。だから、よけいに誰とも会わなくなっちゃったのよ」

「それって、すんごく体に悪いんじゃない？」

「悪いだろうねえ、足腰ぼろぼろ」

「まずいよ〜、早死にするよ」

そんな生活をしているから、若干太り気味だし、家にばっかりいて外出しないから服も持ってないし、当然ながら男もいない。

「好きな男とか、いないの？」

「いるけどさ、私そういうの苦手なのよ。どうせ相手からうとましがられるから、それなら友達のままでいいかな、とか思ってさ」

「ふうん、弱気なのね」

昼夜が逆転していると語る内村は、青森に向かう夜行寝台特急の中でもほとんど寝られなかったらしい。

「だめえ。こんな早い時間に寝られないわ」

「寝られないいったって、あんた、もう午前三時だよ」

「だめだ〜」

そんな内村の口癖は「もっと健康的な生活をしなくちゃね」だった。

この言葉を旅行の間に何度となく口ずさむ。耳にタコができるほど聞いた。

「生活を変えなくちゃね。朝方から寝るから、朝ご飯ってのをほとんど食べられないのよね。今、万歩計をつけてるんだけど、一日に二千歩しか歩かないこともあるし」

車の免許もなく湯河原に住んでいる私は、一番近いコンビニまで歩くのにも坂を往復しなければならない。そのコンビニは〇・七キロ先だ。私は一日に約二万歩歩く。

夜はどんなに遅くとも十二時から一時の間には寝る。起床は六時半で、平均睡眠時間は八時間だ。彼女の生活ぶりを聞くとそれだけで気分が悪くなる。とんでもない奴《やつ》といっしょに旅行に出てしまったなあと思った。

朝七時、特急が青森の野辺地《のへじ》駅に着いた時、内村は言った。

「あ〜やっと眠くなってきた」

おいおいおい、である。

内村とはパソコン通信の会議室で知り合った。私は通信歴は長いけれどもパソコン音痴で、パソコン業界の仕事をしたこともなく、あまりパソコンライターの友人もいない。だから内村の話を聞くにつけ、なにかと驚きなにかと新鮮だった。

内村はモバイルなるものを持っていた。その値段を聞いてびっくりした。たかだか電子手帳にそんな高い値段を払う気が知れないと思った。

「でも、これでメールチェックもできるし、電車の路線図も乗り換えも料金も検索できるし、地図も入っているし、辞書も入っているし……」

なるほど見せてもらうと、すごい多機能だ。

内村はホテルにチェックインするとまず、電話のお尻《しり》を確認して、モジュラージャックを引き抜くとインターネットにアクセスする。かちゃかちゃかちゃ。さすがにキータッチは速い。

「ランディさんは、メールチェックしないの？」

「しない〜。旅行に来たらアクセスしないもん。めんどくさくてやだ」

「仕事、困らない？」

「困らないよ。急用の人は電話してくるもん」

下北半島からでもメールチェックできるのだねえ。そんなのは常識なんだろうけど、私は感心して内村を眺めていた。

「あーー、またこの人ったら、しょうもない書き込みしてる」

内村の話題のほとんどは、インターネット上の掲示板でのつきあいのことである。ネット上の掲示板に常連のライター仲間がいて、掲示板で言い争っては一喜一憂していた。話すことといえば、ネット上での出来事である。どんな書き込みがあり、それがどんなトラブルになっているとか、誰が誰を誹謗《ひぼう》中傷していて「2ちゃんねる」では大ごとになっているとか、あちこちの掲示板で問題を起こしている奴がいるとか。

「ねえ、内村あ、自分で変だと思わない?」

「何が?」

「だからさあ、あんたってずっとネット上の話しかしないんだよ。ここはどこだよ。なんで青森までやってきて、そんなパソコンの中の話にかかずらわってなきゃいけないのさ」

するとと逆に内村に聞かれた。

「わたし、変なの?」

「うん。変だよ。縛られてる。言葉に。ネットの言葉に。あんなのはね、言葉だけの世界なんだよ。読んでるのなんてごくわずかな人間で、しかもお互いに関係もなくて、ただもう自分のなかの変な欲求を満たすためにわざとすったもんだしてるんだよ。それに翻弄《ほんろう》されてどうする？　忘れろよ」

「でも、気になるのよ」

「心を奪われているからだよ。今は青森だよ、旅行を楽しもうよ。現実の方を見ようよ。あんたは今日一日、いっしょに電車の窓から青森の景色を見ながら、心はずっとインターネットの中をさまよってた。かわいいリンゴがたわわになってる、あの美しい風景のことなんて、一度も話題にしなかったよ」

内村は、ちょっとショックを受けたみたいだった。

「自分じゃ、ぜんぜん気がつかなかった」

「旅行の間は、書き込みやめて、掲示板、読まなくていいじゃん」

「わかった」

それでも、内村がネットワークの話題から離れるのにあと一日が必要だった。


さて、旅行の間中、内村はモバイルをいじっている。実にいろんな機能が小さなパソコンの中に組み込まれていた。しかし、これほどの多機能を持ち合わせた機械を保持するこの女が、一人で歩かせると絶対にバスを間違うのである。

待ち合わせ場所になかなかやって来ない。

二時間くらい遅れて登場する内村は必ず「バスを間違えてしまったわ」と言うのである。なんでそんなにバスに乗り間違うのか不思議なくらいである。

「だいたいアンタは機械に頼りすぎているから、人間の本能が錆《さ》びついちゃってるのよ」

さすがの電子手帳にもバスの路線表は入っていないようだった。しかし、旅に出て本当に必要なのはバス路線表なのだと私は思う。電車なら時刻表があれば自分でなんとかできる。しかし、全国のバス路線となると検索の手だてがない。そんなものが入っている電子手帳があったらどうかどなたか教えて下さい。私は十万を払ってでもそれを買いたい。

「ここのバスは一日三本しかないねえ。行ったら帰って来られなくなっちゃう」

「別の路線があるかもしれない。聞いてみよう」

ところが検索することが仕事のような内村は、道に迷っても人間に質問しない。

「私の場合、どうも人に聞くというのが気後れして苦手なのよね」

だってあなた、知らない土地に来たら聞かなかったらわかんないじゃん。私は事あるごとに何でも道行く人に聞いてしまうタイプなので、さらに驚く。

「ネットで検索するより、聞いた方が早いよ」

「それはそうかもしれないけど、なんだかめんどくさいのよね」

内村の言わんとすることも、なんとなくわかる。

私も昔はそうだった。十年前、自分が一人旅をするなんて思ってもいなかった頃、自分が知らないということがとても恥ずかしいと思っていた頃、なんでも知っているように振る舞っていたかった頃、私は人と接するのにいつも気後れしていた。

変わったのは、屋久島《やくしま》に行ってからだ。

初めて一人で屋久島に行った。同じ年に、やっぱり一人で沖縄に行った。あの年は私の一人旅元年だったな。最初は一人でいるのが寂しくてつまらなくてたまらなかったのに、だんだんと旅のテンションになってきた。知らない人に声をかけて、友達になって、そうするうちに、けっこう一人が楽しくなってきた。それからだ。旅が好きになって一人で出歩くことに病みつきになったのは。

今では、頭と体がいつもアイドリング状態になっていて、簡単に旅のテンションに切り換えられるようになった。そうなってから世界が変わった。うまく言えないけど、私は今、いつでも旅してるような気分で生きている。

一人旅を始めてから、旅が終わらなくなった。

このあいだアルゼンチンの方からメールをもらった。ブエノスアイレスに住んでいるという。もうそれだけで心が騒ぐ。行ってみたいと思う。そんな場所から私のところに簡単にメールが届くなんてすごいなと思う。

それまで、私にはブエノスアイレスに知り合いなんていなかった。でも、インターネットは簡単に点と点がつながってしまう。

私はいつかブエノスアイレスに行くかもしれない。わくわくする。ネットのなかでも旅をしている気分の延長になれる。

メールは椅子《いす》に座ってネットにアクセスすれば出せるが、実際にブエノスアイレスに行くのはもっと煩雑《はんざつ》で気力のいることだ。この「実際に行動する」という気分の盛り上がりが「旅のテンション」なんだと思う。そしてこの「旅のテンション」に私の頭を切り換えてくれるのは「現実」だけだ。バーチャルではだめなんだ。生の風景、生の人間、生の体験、リアルだけが、私を妄想ではなく行動に駆り立てる。

バーチャルな世界の友人であった内村と旅をしているうちに、私は彼女の体臭や、髪の質や、それから肌や、指の形、しゃべる癖、歩くテンポ、そういう生の肉体と接していく。もちろん同じことを彼女も感じているんだろう。

ツインルームで、ひとつのトイレを共有する。相手がうんこすればバスルームは臭い。おしっこすれば音だって聞こえる。露天風呂《ぶろ》に入ればおっぱいの形までわかる。にんにくを食えば翌朝は匂《にお》う。寝ればいびきもかく、歯ぎしりもする。

もしかしたら、日頃、パソコンを相手にしている内村にとって、このような生な人間との共同生活はすごくエグく感じたんじゃないかなあとも思った。私は風呂から出ればパンツ一枚で歩き回るし、露天風呂があれば混浴だろうが何だろうがすっぽんぽんになって飛び込んでいく。腹が減れば道端に座って飯を食い、トイレがなければ藪《やぶ》のなかで用を足してしまう。

つまり今回の旅は、ちょっと小難しい言い方をしてみれば、ネットで知り合った二人が、バーチャルを超えて生な存在として確認しあう旅だったわけである。その誘いに彼女が乗って来たというのは、もしかしたら内村はどこかで自分の生活がとてもバーチャルな世界のなかで閉じてしまっているのを窮屈に感じていたからなのかもしれない。

うれしかったのは内村が、最初はあっけにとられてはいたものの「きゃーヤダー、恥ずかしい」「怖～い」「汚～い」なんてことを言わずにいっしょに私流の旅を楽しんでくれたことだった。けっこう彼女にとっては過酷だったろうと思うよ。

ヒッチハイクをしながら予定を決めずにぶらぶらと旅をした。行く先々で人と知り合い、助けてもらった。恐山《おそれざん》では東京都庁に勤めているという青年の車に乗せてもらった。居酒屋で知りあった自衛隊の青年が仏ケ浦までドライブしてくれた。なにせ青森では車がなければどこにも行けないのに、我々二人は免許も持っていないんだ。

「ランディさんといっしょじゃなければ、絶対に出来なかったことがいっぱい出来たわあ」

内村の言葉に私は得意満面で答えた。

「へへへ、なんたってあたしは今最も過激な野性派ライターだからさ」

でも、本当は私にとってもこの旅は、彼女あっての旅だったのだ。

彼女のことがよくわかった。右目の視力がほとんどないってこと。生まれた時とても体が弱かったこと。だから昔から自分の世界に浸っているのが大好きだったこと。

それは、半分は自分の現実と向き合わないための自己逃避でもあったこと。

生まれつきの体の弱点を、彼女が認め、克服し、そして断ち切るためにあえて家を離れ、東京に来てフリーになったこと。自分らしい生き方を探して安全な会社員としての人生を切り捨てたこと。目が悪いから結婚はできないかもしれないと思っていること。だから男の人には少し引いてしまうこと。今、少しずつパソコン関連ではなくて、自分のテーマを見つけたいと考え始めていること。でも、自分が積極的にわくわくすることがうまくできない人間だって感じていること。自分の感情の起伏がすごく小さいなあって思っていること。もっと自分を知りたいって、すごく思っていること。人間は体でも思索するんだって私は思っている。そして体でも会話する。

考えるのは頭だけじゃない。この体も考え感じる。体の思索は言葉を使わないから実感するのが難しいけど、体はたくさんのことを感じ考えている。頭と同じだけ体も考えてる、会話してる。でも、それは体を使わないとわからないんだ。体に注意を向けないと聞こえない。体と体がふれあわないとわからない。

けっこうすったもんだしながら、二人で旅行していて、私は内村の身体《からだ》全体を通して、内村のことを理解していったような気がする。

背中も流しあったし、以前から気になってしょうがなかった内村のゲジゲジ眉毛《まゆげ》をきれいに剃《そ》ってやった。

内村は万歩計をつけていて、それを毎日チェックする。その万歩計には動物が住んでいて、たくさん歩いてあげると進化するんだそうだ。まったく変なもんばっかり持ってる奴だなあ。

ある日、内村が言った。

「ランディさん、見て見て、ほら私のウサギが天使になった」

よほど歩いたのかな。私にはそれほどでもなかったのだが、内村の万歩計のウサギに羽が生えた。

彼女の不器用さとか、彼女のハンディとか、彼女の生きがたさとか、そんなのも全部ひっくるめて、私は彼女を青森の山や川や海といっしょに体験した。そういうことが旅のいいところだと思う。圧倒的な自然の美しさの前に、さらけ出される人間の神性ってあるような気がする。それを知れば、人を嫌いになることなんてめったにないんだ。

そうこうしているうちに、内村の生活リズムがだんだんと夜型から昼型に戻って行った。当初は「朝飯が食えない」とほざいていた彼女が、最後の日にはご飯をおかわりしていた。

「このまま、東京に帰ってもこの生活ペースを守ればいいんだけどなあ」

内村は帰りの電車のなかでしきりとそうつぶやいていたっけ。

今、青森旅行から帰って来て、この原稿を書いている。

もちろん青森のこともいっぱい書きたい。でも、あえて内村のことを書いた。たぶん私は土地について書きたいのではないのだ。私は人間の心について書きたいのだと思う。どんな場所に行っても、そこに心を感じてしまう。だから私の書く旅行記はちっとも実用的ではないのであんまり売れない。

でも、私に見えるのはいつも、誰かの心象風景なんだ。

心が風景とシンクロするから、世界はちょっとせつなげで、とてつもなく美しい。

内村がたたずむ青森こそが、私にとって一番美しい青森なんだ。

ありがと、内村。夜は寝ろよ。

魂のコード

熱血漢っていう言葉が、そのものズバリの友人がいた。

吉田さんっていうんだけどね。私の古い友人、いや、もう友人じゃないなあ、きっと「知り合い」だな。ううん、もしかしたら彼女は私のことを知り合いとすら思っていないかもしれない。過去の人。通り過ぎた人、思い出したくもない人の一人として、私のことは葬《ほうむ》り去っているかもしれない。

吉田さんとは二十代の前半に知り合って三十代の前に音信不通になった。音信不通になったというのは、単に彼女が私に連絡をよこさなくなった……という意味だ。

なんで連絡が来なくなったかは、私自身よくわかっている。私は、ある時期、とても彼女に頼りながら、そのくせ心のどこかで彼女を軽蔑《けいべつ》しているようなところがあった。

吉田さんは熱血漢なんだけど、的はずれの熱血漢だった。妙に一途《いちず》なのだが、おっちょこちょい。いつも弱い者の味方で、弱い者の味方をするあまり、強い者を必要以上に嫌う傾向があった。

私たちはとあるカルチャースクールの文章講座で出会った。彼女はルポライターを目指していたけれど、彼女の文章も彼女自身と同じでどこか的はずれだった。いまにして思うと、吉田さんの心にはなにか強力な暗示、呪術《じゅじゅつ》がかかっていたように思う。その呪術はたぶん彼女が子供の頃にかけられて、彼女が二十八歳を過ぎてもなお強く彼女の心を縛っているのだ。それはこういう呪《のろ》いだったと思う。

「世界は不公平の上に成り立っている」

彼女にとって、最も大切なことは「公平」であることだった。

でも、公平って、実はすごくむずかしい。公平であることっていつも矛盾をはらむ。それでも彼女は「公平」であることにこだわり続けてきた。

彼女の口癖は「よし、じゃんけんで決めよう」だった。

「今日はこれからどうしようか？　映画観《み》ようか？」

「あたし本屋行きたい」

「じゃ、じゃんけん」

じゃんけんぽん。じゃんけんで決定したことは公正なのだ。

そのくせ、彼女はじゃんけんが下手だった。いつも負けていた。なぜかというと、彼女は必ずグーを出す。生き方そのものに力が入っているのでついグーが出る。だから私はパーを出す。毎回負けて、吉田さんはため息をつきこう言う。

「あなたって、じゃんけん強いわねえ」

一度、彼女と新橋のホテルのロビーにある喫茶店で待ち合わせをしたことがある。先に来ていた彼女は私を見つけると立ち上がって「おーい、ここ、ここ」と大声で怒鳴ったのだ。

「やめてよ、大きな声出さないでよ」

まだ若くて自意識過剰だった私は赤面した。

「ごめんごめん。ね、注文来る前に出よう、ここ高いから」

彼女は逃げるように腰を浮かす。

「そんな慌《あわ》てなくても大丈夫だって」

「どうして？　注文取りにきちゃうよ」

彼女にとってウェイターは大金をぶったくる極悪人のようであった。「さ、いこいこ」そう言って、バタバタと荷物をまとめ（なぜかいつもたくさん荷物をもっていた）、早歩きでロビーを駆け抜けて行った。べつに逃げるように出なくても、ウェイターが来たら「すぐ出ますから」と伝えればそれで済むことなのに……。私は彼女の後ろ姿を見て、貧乏臭くてかっこ悪いなあ、と思った。もちろん当時は私だってじゅうぶんに貧乏だったのだけれど。

そのくせ、吉田さんは高級な場所に行くのが好きだった。

「私ね、テレビでしか見たことない場所を経験してみたいのよ」

いつも脳内に大量のアドレナリンをたぎらせていて、積極果敢だった。

ある時、麻布《あざぶ》の会員制のバーに行った。その頃私がつきあっていた男が会員だったのだ。当時私は仕事がうまくいき、だんだんと羽振りが良くなってきていた。つきあう人間も広告関係のクリエイターが増えていき、自分がいっぱしの業界人になったような気分になりつつあったのだ。しかし、なりつつあるだけであって、内実は駆け出しの田舎者である。だから、自分よりさらに田舎者の吉田さんにしかいいかっこできなかった。私は彼女をよく誘った。自分がキメてるところを見せたかったからだ。そして、彼女の田舎者ぶりを軽蔑してた。嫌な奴だったと思う。

彼女は、麻布の地下にある洞窟《どうくつ》のような不思議な作りのバーのカウンターに、どってりと体をまかせて頬杖《ほおづえ》をついた。

「マスター、これおかわりくださ〜い」

飲み干したマティニのグラスを持ち上げて叫ぶ。

「カウンターに肘《ひじ》をつかないの」

私は小声で言った。

「なんで?」

「下品だから」

「あ、そうか」

彼女は素直に従った。それから、バーテンに言った。

「あのお、おトイレどこですか?」

一人のウェイターが彼女をエスコートしに来た。

「わあ、案内してくれはるの? 恥ずかしい」

はしゃぎながら彼女は、「どっこいしょ」と脚の長いスツールから降りた。戻って来た彼女にあたしは耳打ちした。

「こういう場所では、トイレじゃなくて『化粧室』って言うのよ」

「なんで？　わたし化粧せえへんもん」

初対面の相手との彼女の挨拶《あいさつ》は決まって「いつも元気な吉田で〜す」だった。それをオーディションに来た新人歌手みたいな口調で声高に叫ぶのだ。服の趣味もやぼったかった。胃が悪いのでしょっちゅうげっぷをしていた。筆圧が強くて字が裏うつりするほどだった。妙に右上がりの字だった。弱きを助け、強きをくじく……というのが彼女のコンセプトで、中庸というのはないみたいだった。はっきりしたのが好きなんだそうだ。物事は黒か白、善か悪かに区別された。もちろん人間もそうだ。

彼女はヤル気はあるのだが、有能でも、世渡り上手でもなかった。的はずれで、ドン臭くて、ニブくて、そしてちょっとだけひねくれていた。私たちは同じ雑誌の編集部にアルバイトとして入ったのだけど、その時も私の方がずっと優秀だった。

で、私は彼女のことを小馬鹿《こばか》にしていた。私も彼女も遅い人生の再スタートを切ったばかりで、これから自分がどうなっていくのかわからない、ただやみくもにマスコミで仕事したいと思っていた。でも、思いとは裏腹に、心は不安でいっぱいだった。自分は本当に才能があるのだろうか、文章なんか書けるのだろうか……、口には出さないけど怖かった。

だから、私は事あるごとに彼女を馬鹿にして、軽蔑した。

「だから、だめなんだよ吉田さんは、今はそういう考え古いんだから」

彼女の一見チープな正義感をコキ下ろした。

そうしていると、なんだか自分に自信が溢《あふ》れてくるような気がしたのだ。相手をけなすと、自分が元気になる。私はそんな姑息《こそく》なパワーを使って、あの頃ようやく生きていた。それは自分をも呪うパワーだけれど、そうしないと自分があまりにちっぽけで、消えてしまいそうで怖かったのだ。自信がなかった。自分がとるにたらない虫けらみたいな存在に思えた。だから、かろうじて「彼女よりも優秀な自分」ということで、自分を安心させていたのだと思う。

それでも、吉田さんは、いつも私のことを褒めてくれた。

「大丈夫、あなたは才能あるから。それは私が認める」

そして彼女は「あたしたちはいつか有名になるね」と断言した。

私は心のなかで思ってた。

（あんたといっしょにしないでよ）って。


一度だけ吉田さんを、田舎の実家に招待したことがある。

私の実家に来た時に、彼女はもちまえの体当り精神で、私の兄にぶつかっていった。当時、兄は神経症を患《わずら》っていて、人との接触を避けていた。部屋から出てくることはなく、家族とも顔を合わせることは少ない。いまでいうところの「ひきこもり」だ。ところが、その兄がなぜか吉田さんには心を開いたのだ。兄はとても心の弱い、だけど優しい人間だった。優しすぎて生きるのが下手だった。その生きるのが下手なところがなんとなく吉田さんに似ているかもしれない。きっと兄には、彼女ほどのパワーがなかったので病気になってしまったのだろう。

兄は私と吉田さんをドライブに連れて行ってくれた。信じられないことだった。三人で日光に行った。兄はほとんどしゃべらなかったが、いっしょの時間を共有するのをとても楽しそうにしていた。そのときに、私は初めて、兄は好きこのんで一人でいるわけじゃないのだ、本当は寂しくてたまらないのだ、って気がついたような気がする。不思議なドライブだった。

夜は吉田さんと兄と三人で酒を飲んだ。いつになく兄は冗舌で、笑ってた。

それから、私は吉田さんとは急に疎遠《そえん》になった。

二人の人生は分岐した二本のレールみたいにどんどん離れて行った。もう二度と会うことがないほどどんどん離れて、あれから十五年が経《た》とうとしている。

なんでこんなに吉田さんのことを思い出したかと言うと、実は写真が出てきたのだ。偶然なんだけど。吉田さんが撮った、私と兄の写真。

しかも兄が笑っている。

私が成人してから兄といっしょに撮った写真はこの一枚しかない。その写真が、本棚を整理したら偶然出てきたのだ。きっと以前に吉田さんからもらって、さしてありがたいとも思わず本の間にでもはさみこんでおいたんだろう。でも、兄が死んだ今となっては貴重な写真だ。私はもう二度と彼の笑顔を見ることはできない。

兄は五年前に亡《な》くなった。発見されたのは死後二カ月を経過してから。たった一人、アパートの一室で餓死していた。孤独な死だった。

兄の葬式のときに、兄の遺影を飾るためにアルバムを整理した。兄の写真はとても少なく、死ぬ前の三年間の写真は皆無。三十歳以降は笑っている写真すらなかった。だけど、本の間からひょっこり出てきた兄は、笑っているのだ。しかも私と肩を並べて。

場所は日光の中禅寺湖の近くで、青々とした牧草の上で私たちは名物のアイスクリームを食べている。

そして、この写真を撮ったのが吉田さんであることを思い出し、そして私はようやく今ごろになって、自分が彼女にしてきた仕打ちについて自覚した。これまで改めて思い返そうともしなかったのは、私は自分の弱さを認めたくなかったからだと思う。私はことごとく吉田さんを軽蔑して、そして軽蔑していながら彼女からなにかを奪っていた。そうしないと自分が信じられないほど、私も弱い人間だった。

たぶん私の言動は、ものすごく巧妙ないじめだったのかもしれない。自分すらだますくらい巧妙ないじめだ。私の言葉の多くは、彼女をチクチクと突き刺していたはずだ。

そして、吉田さんは、ある時期、私の前から忽然《こつぜん》と消えた。それは彼女の私に対する拒否、無言の抵抗だったのだと思う。

時が経った今、ひいきめに見たところで、やっぱり彼女の熱血はどっか的はずれ、彼女の正義は欺瞞《ぎまん》臭く、彼女の論理はへ理屈だった。そして、彼女の行動はどこか恨みがましかった。彼女の元気は一人よがり、彼女の親切はおせっかいだった。

だけど、だけどなぜだろう。彼女はとてもあったかかった。彼女の行動のあらゆることが全部、裏目に出たとしても、彼女の存在はあったかかった。それはなぜだろう。私は、彼女からたくさん助けてもらった。それはなぜだろう。

無防備に自分の弱点をさらけだして、それでも懸命に生きている彼女は、真の意味で弱者の味方だったのかもしれない。だから吉田さんだけが、生きがたく死んでしまった兄の笑顔を撮れたのかもしれない。

愚かな私は、彼女の魂のコードが読み取れなかったのだ。

あの世の意味、この世の意味

一九九三年二月。もう今から八年も前のことになるのだけど、私は「ディープ・エコロジー」のワークショップに参加した。

ディープ・エコロジーというものが何なのか、正直に言うが私は参加するまで知らなかった。たまたま文化人類学者の上田紀行《のりゆき》さんの紹介で仙台のカタツムリ社という出版社を知り、その代表の加藤さんに「面白いワークショップがあるよ」と誘われて参加したのだ。

ディープ・エコロジーはジョアンナ・メイシーというアメリカ人の女性が提唱している「精神性を重視したエコロジー運動」らしかった。が、残念なことにジョアンナは風邪をこじらして寝込んでいるとかで、この時はマーガレット・バベルという女性がワークを指導していた。

で、旅行気分で仙台まで行った私は、最初の自己紹介でもうすでに後悔していた。

一泊二日のワークだったのだけれど、そこに参加していたのは私を除いて全員が、何かしらの環境運動に参加している人々だったのだ。

この時一番人数が多かったのは反原発運動に関わる人たちだった。その他、自然保護、自然食運動、反核、オゾン層保護、などなど……。とにかく、いろいろな「運動」に関わりその第一線で活躍しているような人ばかりが集まって来ていて、その中に一般人の私がぽつんと入り込んでしまった。

私は八年前も、そして今もとりたてて「〇〇運動」というものに参加していない。環境保護に対する具体的な行動もとっていない。もちろん、積極的に汚してもいないし、車の免許を持っていないので排気ガスも出さないが、かといって保護もしていない。

口だけは「反原発」論者だったが、現実的にやっていたのは「反原発新聞」をとることくらいだった。押しも押されもせぬノンポリの一般人である。その私が、何を間違ってか「ディープ」な「エコロジー」のワークショップに紛れ込んでしまったのだった。

「絶望こそが希望である」と、まずマーガレットは言うのだ。

後から知ったが、これはジョアンナが書いたディープ・エコロジーの本のタイトルでもあった。

「まず、地球の現状をしっかりと見据えましょう。目をそらさずにこの現実を見つめましょう。そして、心から絶望しましょう。絶望の果てに希望を見いだすのです」

私は心底ぶったまげた。

何もすきこのんで絶望しなくてもいいだろうに、と思ったのである。で、始まったのが「絶望を表現する怒りのワーク」だった。

参加者は絶望を表現しろと言われる。すると他の方達は、自分がいかに地球のためにがんばってきて、でももう地球は瀕死《ひんし》の状態で、このままでいけば地球は死んでしまうのに、それを人類は直視しようともせずにこの美しい世界を破壊し続けている……と嘆くのである。

エコロジー運動の前線で活動している人たちの言葉には、ひとつひとつに説得力があった。それを聞いていると、確かに今もうすでにのっぴきならない状況まで地球の環境は破壊されているのだ……という気持ちになってしまう。

そして、私以外のみんなは、そのような地球の状況に本当に心を痛め、嘆き、悲しみ、傷ついているみたいだった。みんな語りながら泣いたり、叫んだりしていた。どうしてわからないの、どうして地球の声が聞こえないの、どうして？　どうして？

……と世界に向かって訴えていた。

私は猛烈に居心地が悪かった。なにしろ何もしていないのだ。行動していない人間は私だけのようだ。なんだかみんなに「地球の危機をもっとちゃんと認識しなさい」と責められているような気分であった。危機感を持っていないのは私だけで、だから私の番が回って来た時、本当に困った。

で、私は困ったあげくに動転して、本当にアホなのだが「みなさん、そんなに絶望しなくてもいいんじゃないでしょうか？　私はちっとも絶望できません。なんかもっとこう明るくやったほうが楽しいんじゃないでしょうか」などという間抜けな発言をしてしまったのである。

でもそう言いながら、ああ、結局私みたいな危機感のない人間が、長いものに巻かれているから地球環境はちっともよくならないのかなあ……などとも思った。

私以外の人たちには、地球の痛みがわかるみたいなのだ。私にはよくわからなかった。地球が人間みたいに苦しんでいる……という発想が私にはなかったのだ。そしてその発想は今だに持てない。私には他人の痛みもわからないし、ましてや地球の痛みなど、実感として全く理解できなかった。

夕食が終わって自由時間になってから、それぞれの部屋で話し込んだ。

私と同室になったのは二十代から反原発運動を続けてきたという名古屋の女性で、六ケ所村にも長期に渡って反原発のために滞在していたと言う。彼女はすでに四十代の半ばにさしかかろうとしていた。

「でもね、私はもうこの運動から足を洗うの」

と彼女は言った。

「どうしてですか?」

「ずっと反原発にのめり込んで来たけど、ふと気がついたら家族はバラバラ、体も心もボロボロになってた。結局、自分の家族を犠牲にしちゃったのよ。もちろん、最初からそんなつもりはなかったわよ。だけど、携わっているうちにだんだんエスカレートしてっちゃったのよ。なんだか自分以外の事が見えなくなっていた。正しい事をしているつもりだったし、そのための犠牲はしょうがないと思っていた」

彼女はまさに体を張って反原発運動に携わって来たのだ。プルトニウムの再処理施設が六ケ所村にできた時から六ケ所村に詰めていたという。そして、その結果としてお金と時間を運動につぎ込み、夫とも離婚寸前と言うのだ。

彼女を含めて四人の反原発運動に携わった女性が参加していたけれど、それぞれに似たような心の傷を抱えていた。そして、自分の運動を見失い、いったい自分はどうすれば良かったのか、どのように行動すれば良かったのかを見つけるために参加しに来たのだと言う。

「精神的な支えみたいなものが、気がついたら無かったのよ。運動をやっていて、本当に自分が何のために今、こうして苦しい思いをして、絶望しているのか。その精神的な支えが見つけられなくなった」

ディープ・エコロジーという考え方は、このようなエコロジー運動に携わり、それによって傷つき、絶望感を感じた人々の心を癒《いや》すために生まれてきたものらしい。エコロジー運動を単なる社会的な環境保護運動として捉《とら》えるのではなく、より深く地球と精神的に繋《つな》がることによって関わって行こうとするもののようだった。

集まった人たちは、みな傷ついていた。そして本当に心底自分たちの運動の限界を感じて絶望しているみたいだった。一般人の無関心さを罵《ば》倒《とう》する人が大勢いた。みんなわかっていないんだ、なにもわかっていないんだ、と叫ぶ人もいた。

そうやって、絶望しあい、共感し合い、そして癒しあい、それによって怒りを解き、すべての人を許して、共に生きていこう……、そこまで気持ちを立て直すのがこのワークの目的みたいだった。

そんな中で、絶望もしていなければ、身を焦《こ》がすような怒りも感じていない問題意識の浅い私は、あっけにとられ、ただもうぽつんと浮いていた。

環境問題に真剣に取り組むと、どうしても怒りが湧《わ》いてくるらしい。それは、人々の無理解と無気力に直面するからだと言う。みんな現状を認識しようとしない……と彼らは言った。

どんなに声を大にしても、放射能の恐ろしさを理解しようとしない……と。この地球そのものを破壊して自分の首を絞めている事をわかってくれないと。

たぶんそれは事実だ。

現に私は八年経《た》った今も、何ら具体的な行動を起こしていない。あの時も、そして今もただ生きて生活しているだけだ。ごく普通に、子供を育てて暮らしている。

電気を節約するでもない。パソコンはつなぎっぱなしだし、我が家にはパソコンが四台もある。スーパーの袋は使うし、ゴミも町役場の指示通りに分別するだけだ。

環境問題が社会に浮上する度に、あのワークショップに集まっていた人たちの事を思い出す。

みな今、どうしているのだろう。やっぱり絶望したまま暮らしているんだろうか……と。それともなにか自分なりの道を見つけて地道に活動してるのだろうか。

一九九九年九月に東海村で放射能臨界事故が発生した。

私はそのときも、ディープ・エコロジーのワークショップについて思った。あの時の参加者たちは何を感じているだろうか。「やっぱり」と思っているのだろうか。「いつかこうなると思った」「もう手遅れだ」と絶望しているだろうか……と。ワークショップから六年が経過していたけれど、私はその間も何ひとつ具体的な行動を起こしてはいなかったし、ひたすら電力を消費してどちらかといえば能天気に生きていた。

事故後も仕事でずっとニューカレドニアに行っていた。天国に一番近い島、ニューカレドニアの海は楽園だった。私は毎日、クルージングしながら海に潜り、海老《えび》をつかまえては食べていた。南太平洋の海は青いクリスタルだ。海底二〇メートルまで見通せる透明度。なんて地球は美しい星だろう。宇宙に浮かぶ水滴。豊潤な命の惑星だ。この地球が本当に病んでいるのだろうか……。私にはそうは思えなかった。もし病んでいるとしたら、それは人間の心だ。それを地球に投影しているだけなんだ。地球はいまだ六〇億の人間と天文学的な数の生物をその生態系の中に生かし続けている。オゾン層が破壊され、森林伐採が進んでも、大気中の酸素量は二〇パーセントを維持している。まるで奇跡のようだ。大地も海も無尽蔵の気前の良さで生命を人間に分け与え続けている。そんな地球は病んでいるのか？　苦しんでいるのか？　地球は人類が生まれるずっと前から存在したし、人類が消滅しても存在し続けるだろう。

ニューカレドニアから帰って来たらメールボックスには三百通もの原発に関する意見メールが入っていた。ひとつひとつ読んだ。

たくさんの人が、この事故をきっかけに原子力を問い直しているのがわかった。どのメールも熱気を帯びていた。「変えよう」「変えなくては」とみんなが言う。私はどうにも居心地が悪い。もちろん、変わることに反対ではないけれど、私の腰は重かった。かつてチェルノブイリの事故が起こった時も、これをきっかけにエネルギー政策は見直されるとみんなが思った。でも、結局、変わらなかったんだ。節電はバブル景気に飲み込まれて霧散した。原発事故はあたかも対岸の火事だったかのように。

そして西暦二〇〇〇年に、二〇世紀が終わった。

人間が生みだした第三の火、原子力の問題は二一世紀に持ち越された。

ワークショップに参加してから七年の歳月が経過した。

この年、なぜか私は広島の原爆の問題と向き合うことになる。さらには、カンボジアの地雷撤去と旅は続いて行った。

それでも私は、やはり「地球が泣いている」とも思えなかったし、「地球が痛がっている」とも感じなかった。いつもいつも感じてきたのは、この地球という星の、あまりにも無尽蔵な生命力と、はかりしれないほどの気前の良さであった。どんなに地雷を打ち込まれても、原爆を落とされても、そこにはあっというまに植物が繁茂して、川は豊かな土壌を運び、そこに生命を宿していく。地球は生命だらけだった。

私は、どうしても絶望できない。

それは私の問題意識が浅いからだろうか。それとも私が本質を見ていないからなんだろうか。

絶望こそが希望であるなら、絶望していない私は希望も見いだしていないことになる。

いま、この原稿を二〇〇一年九月一八日に書いている。

一週間前、ニューヨークの国際貿易センタービルがテロ組織によって破壊された。ウォール街は大打撃を受け、アメリカはいま「テロの首謀者とそれをかくまった国に対する報復攻撃」を宣言している。ニュースのほとんどがこのテロの話題で終始している。

民間の旅客機がビルに激突する瞬間が繰り返し放送され、すでにその様子が目に焼きついた。

その映像を観《み》ながら、なぜか私は「ああ、二一世紀が始まったのだな」と思った。そうか、二一世紀はこういう世紀だったのか……と。

「こういう世紀」とは、どういう世紀なのか。いったい私はこの映像から何をイメージしたのだろう。それはとても曖昧模糊《あいまいもこ》としていてうまく言語化できない。でも「こういうことね」と奇妙に実感したことは確かなのだ。私はあの映像からいったい何を感じているのだろう。

そんなぼんやりしたことを私が考えているうちに、どんどんメールが届き始めた。

その多くは「合衆国大統領に報復をやめるようにメールを送ろう」という呼びかけだったり、「アメリカの新聞に戦争反対の意見広告を載せるための募金運動を始めよう」「このメールに賛同したならあなたの友人にも送ってください」というチェーンメールであったりした。「世界の平和のためにいっしょに祈りましょう」「毎日八時四五分に祈りましょう」という祈りを呼びかけるメールも多かった。

どの意見も、どのメールも熱気があった。

確かにこのままアメリカが報復手段を取れば、たぶん一般市民が巻き添えを食うことになる。「目には目を」を続ける限り戦いが終わることはない。どちらかが消滅するまで戦うとしたら、いったいどれくらいの犠牲が出るのだろうか。なかには第三次世界大戦を危惧《きぐ》する人もいた。

そして世界平和のために心から祈る、ということがとても美しい大切な行為であることは、私は頭ではわかっていた。

でも、なにか、私には実感が薄いのだった。この期《ご》に及んでも私は行動できない。いったい私という人間はどういう人間なのだろうか。本当に恥を忍んで正直に言うと、私はこのようなどのメールの呼びかけにも心が乗らないのだ。なんだか、自分の心情とフィットしないのだ。

八年が経った今も、私はあのディープ・エコロジーのワークショップに参加したときから何ら進歩がない。浮いている。とほほなのだ。

まあ、唯一《ゆいいつ》、変わったところがあるとすれば、この自分の「乗れない」という気分をかっこつけずに表明できるようになったことだろう。こんなことを言うと他人から非難されるかもしれないと思いつつも、私は自分に対して少し正直になった。

何もしない反原発論者だった頃、「原発は必要悪だ」と語った男性に思いきり噛《か》みついた事がある。

「あんたみたいな人がいるから世界から原発がなくならないのよ、この瞬間からすべての人が原発にノーと言えば、原発はなくなるのに」

と、そのとき私は言ったのだ。大切なのは体を張ってでもノーと言うことだ、と。そんな傲慢《ごうまん》な事を呆《あき》れたことに酔ってクダを巻いて叫んでいた。二十二歳の頃だ。なぜだろう。反原発を主張していた頃、私は何もしないくせにいつも議論になると「怒って」いた。原発に反対しない人の無理解と間違いに対して。あの瞬間的な「怒り」は何だったのだろう。

たぶん、私は自分が変わる気がこれっぽっちもなかったのだ。

自分が変わる気のない者は相手を変えようとする。そして相手が変わらないことに怒るのだ。愚かだったと思う。私のごとき傲慢な人間から変えられたいと思う人などこの世に居ないだろうに。

今は、人を変えようとは思わない。私も人から変えられるのはイヤだから。でも、それで何の行動もしないのであれば、さらにタチが悪いような気もする。何かした方がいいのかもしれないが、私はいつも躊躇《ちゅうちょ》してしまう。どうしてだろう。

ブッシュ大統領にメールを送ろうとも思わない。世界平和のためにみんなで祈ろうとも思わない。私はずっと、自分の気持ちにだけこだわり続けている。それを感じようとしている。この自分の頑固さに自分でうんざりしてしまう。

あの、ビルに飛行機が激突した瞬間に私が感じたこと、それが何だったのかを探ろうとばかりしている。ぼんやりと、曖昧な自分のなかに去来するイメージだけを追い求めている。そしてどうやら、それこそが、私のやりたいことであるらしい。

「じっと、その事象を観続けていると、だんだんと、事象の背後にある意味が観えてくるものです」

私に、そうアドバイスしてくれたのは、精神科医の加藤清先生だった。

私はいつも「背後の意味」を探しているのか。

思えば兄が死んだ時もそうだった。繋《つな》がれたコンセントの背後の意味を探して小説を書いた。広島も、原爆が落ちたことの、その背後にある意味ばかりを追っている。

そして、ニューヨークのテロ事件でも然《しか》りなのだ。それは「現世的な意味」ではなく「あの世から観たときの意味」のようなものだ。

私はいつも片目で現実を観て、もう片方で「あの世」から現実を観ようとしている。

他人と同調すると消えてしまう。形にこだわるとわからなくなる。だから頼まれても行動できない。じっとじっと自分の内側ばかり見ている。

そんな自分の内向性を肯定するつもりは毛頭なく、とまどいながら生きている。かろうじて、私ができることと言えば、手探りで見つけた背後の意味を、文章で表現してみることくらいだ。

そして、思う。

もしかして私のような人たちがこの世の中にはたくさんいて、文章も書く機会がないとしたら、その人たちはきっと私よりさらにとまどって生きているのかもしれない、と。

でも、加藤先生は言ったよ。

「背後の意味は大切です。じっと観なさい。そして、感じたままをぼんやりと受け止めなさい」

現実はとても大事。

でも、背後の意味は現実と個人の内面がシンクロして現れる。

自分だけの現実を生きることは、実は背後の意味を知ることにかかっている。あの世と、この世は隣り合っている。私たちは、二つの世界で生きている。

北欧の沈まない太陽

痴呆《ちほう》老人の取材を始めて二年になる。ついに痴呆を訪ねてスウェーデンまで来てしまった。先ごろ呼び名が変更されて痴呆ではなく認知症となったが、私はあえて痴呆老人、痴呆症という言葉を使いたい。言葉の響きが好きだ。ボケ老人という呼び名もペーソスがあっていいけれど、痴呆老人という言葉には独特の突き抜け方がある。

スウェーデン人のスティーナ・クラウは、福祉先進国スウェーデンにおいて初めて痴呆老人のグループホームを作った女性だ。その功績が認められて国から名誉賞をもらっている。現在も痴呆介護協会の会長、全国規模の家族会の会長を兼任している。スティーナは、いつも青い服を着ていた。その青も中途半端《はんぱ》な青ではなくエーゲ海のような濃い青だ。洋服に合わせてピアスも変える。もう年金受給者であるがいつも快活で精力的。人生から退いた雰囲気はみじんもなかった。

食事をしながらスティーナは「最近私は、国会議員に大人のオムツを送るというキャンペーンをやっているの」と語った。福祉先進国スウェーデンも国家財政は火の車である。だんだんと福祉予算が削減されて、老人福祉が後退しつつあるという。福祉の水準を下げないためにスティーナ達はあの手この手とさまざまなキャンペーンを行って議員や国民の意識を高めるために活動しているのだそうだ。

「オムツを送って、その結果はどうだったの？」

スティーナは肩をすくめた。

「このあいだラジオ局が取り上げてくれたけれど、反響はこれからかな。まだよくわからない」

「あなたは本当に次から次へといろんなことをやりますね。そのバイタリティに感服しますよ」

誰かの言葉に、スティーナは顔を上げず自分に言い聞かせるように呟《つぶや》いた。

「私は私にできることをやり続けるだけ」

国が老人福祉を切り捨てるようなことがあってはいけない。とにかく福祉に意識が向くようになんでもやる。やれることをやる。正直なところ彼女が「大人のオムツを送った」と言ったとき、なにそれ、と私は思った。そんなことやってどうなるの。たぶん「そんなことをやってどうなるの」というのが私の発想の限界なのである。やってみなければわからない。それがスティーナだ。やってみてダメだったら別のことをやる。やれることをすべてやる。

スティーナとしゃべっていると、自分の価値観がよく見えた。私は自分がちゃんと評価されることだけを選んでやろうとしている。行動を起こすときに他人の目が気になるのだ。そんなことしたらバカにされないだろうかと思う。くだらないと笑われることはしたくない。でも、スティーナは違う。他人からどう思われるかは関係ない。老人福祉のためにできることをやる。自分の自意識のためではない。行動の目的はあくまで福祉の充実のため。ちっぽけな自尊心やプライドを目的と分けて考えている。スウェーデン人はここが徹底している。恥の文化や、社会の外に世間をもっている日本人の発想とはだいぶ違うのだった。

今回の旅行で、私たちとスティーナはいっしょにキルナの街を旅することになった。痴呆とはまるで関係なし。単なる趣味の小旅行である。キルナは北極圏にあり、六月の夏至祭の頃は太陽が沈まない。そこで、真夜中の太陽を見ようということになったのだ。白夜《びゃくや》を体験するのは初めてだった。私たちはストックホルムから飛行機に乗ってキルナに飛んだ。

北極圏の街に着くと、出迎えてくれたのはキルナの町の痴呆老人家族会の会長であるビキッタで、彼女は五十代の女性なのだが、スウェーデンの犬ぞり選手権のチャンピオンだそうだ。とはいえ、夏なので犬ぞりの出迎えはなかった。古いボルボに乗って颯爽《さっそう》とやって来たビキッタは、いつも燃えるようなオレンジ色の服を着ていた。北欧の人たちは自分の色をもっている。好きな色を着る。同系色で服を統一しようなどと考えたこともない私は、またしても「すごいな~自己主張がはっきりしているなあ」と感心するのだった。いつも同じ色の服を着ることは私にとって恥ずかしい。これみよがしに「これが私よ」と叫んでいるようで気後れしてしまう。ほんとうはもっと自分を出してみたいのだができない。若い頃よりはずいぶん自己主張をするようになったが、スウェーデンに来てみて「まだまだ」と痛感する。

痴呆症というのは不思議な病気だ。

代表的なのはアルツハイマー病である。この病気にかかると記憶力が衰える。脳のなかの記憶に関する部分が死んでしまうためだ。記憶力はなくなるが、理性がなくなるわけではない。いまこうしている私から記憶力がマイナスされるだけ。

昼ご飯を食べる。あれ、私は昼に何を食べたっけ？

これは一般的なもの忘れと呼ばれるもの。

え？　私、お昼ごはんなんか食べてないわよ。

食べた記憶そのものまでなくなってしまう。これは痴呆だ。

食べた記憶がないから、食べさせてくれるのを待っている。それなのに誰も食べさせてくれないので怒り出すのだ。

「うちの嫁は私にご飯も食べさせてくれないのよ」

……ということになる。これに家族が翻弄《ほんろう》される。まさかそんなにさっぱりと忘れてしまっているとは誰でも信じ難いが、なにより本人が一番信じ難い。

痴呆が進行すると、自分の名前もわからなくなる。家族の顔も忘れてしまう。

ということはどういうことか。常に「いまここ」の状態になる。「いまここ」しかないのにここがどこかわからないので、次の瞬間には「ここでないどこか」へ帰ろうとする。「いまここ」と「ここでないどこか」の間を常に行ったり来たりしているのが痴呆という状態だと言えなくもない。

朝、目が覚める。すると知らない場所にいる。ありゃここはどこだろうと思う。いったい自分はどうしてこんな場所で寝ているのだろうか。おずおずと起き出してみる。わからない。まったく見覚えがない。狼狽《ろうばい》していると知らない女の人がやってきてさも親しげに自分の名前を呼ぶ。あら、起きたんですか、ご気分はいかがですか。あんたは誰、と思うが自分が何もわからないことを悟られるのが恐ろしくてとりあえず話を合わせてみる。ええ、いま目が覚めました。そうですかではお食事になさいますか。いえいえとんでもありませんそんなご迷惑な、私はそろそろ家に帰らなければならないのでおいとまさせていただきます。すると女の人は、まあそう急がないでご飯を召し上がって行ってください、と優しくすすめてくれる。あまり邪険にしても悪かろうし、一人で帰るのも不安だったのですすめられるままに部屋を出て行くと、食堂がありそこにはたくさんの老人が座っている。なんだここは、と思う。おずおず椅子《いす》に座るとみそ汁とご飯が出てきた。おかずもおいしそうで急にお腹《なか》がすいてくる。皆がいただきます、と声を合わせるので自分もそれに合わせて食べ始める。さきほどの女の人が、おいしいですかと聞いてくるので、おいしいですと答える。みそ汁はもう少しダシがきいていたほうがいいなと思う。みそ汁のおダシはもうちょっときかせたほうがいいんじゃないの、と言うと、女の人は頷《うなず》いてわかりました明日からそうします。と、答える。さっきまでのことはもう忘れている。とりあえずいまここが安心できるし、ご飯もまずまずおいしいので食べている。そしてごちそうさまをする。皆が落ち着いていて淡々と物事が進むのでそれに逆らう気にもなれず、ここに留まっているが、自分の本当の場所はここではないどこか、だと感じている。

……施設で暮す痴呆老人の心象風景というのは、こんな感じではないかと想像する。私が痴呆老人に興味を抱くようになったのは、日本の老人福祉政策をどうにかしたいとか、そういう社会的な問題意識をもってのことではまったくない。ものすごく不謹慎な興味だった。なぜかわからないが痴呆老人という存在に妙に神聖なものを感じてしまったのだ。こういうロマンチックな話をすると福祉関係者からは嫌われるので黙っているが、痴呆老人は人間存在のわい小化された姿のような気がして、その様子をじっと見ていることが楽しいのだった。

この原稿を掲載する雑誌の編集長が送ってくれた企画書に「ものごとの背後にある大いなる力。その働きによって、宇宙や地球も、自然も人間も、物質世界もそうでない世界も、同じ『一つのもの』のなかに存在する」と書かれてあった。それを読んで思ったのだけれど、痴呆老人というのは自分がなぜいまここにいるのかわからない。自分が置かれている状況、因果をさっぱり忘れてしまっている。その一点においてですら、背後の大いなる力を忘れて生きている現代の人間と相似形ではないか。だから痴呆老人の所作を見ていると、人間が不安な状況にどのように対応し、そして懸命に適応して生きていくのか、そのあまりにも人間的な営みを戯画化し演じているように感じられ、猛烈に惹《ひ》きつけられてしまうのだった。

そして、私がさらに興味を抱いたのは痴呆になったときに顕《あらわ》れてくるその人の風変わりな個性である。三十分前の記憶すら消えていくような重度の痴呆状態にあっても、なぜか人はある感受性を有している。それを本能と言ってしまってはどうにも簡単すぎて違和感があるので言いたくない。それはいきなり発揮される。ものすごくピュアで剝《む》き出しの、神聖なまでの自己表出。そういうものが時折、流れ星のように現れては薄闇《うすやみ》に消えていく。その流れ星に遭遇することが快感で、それでいつしか痴呆老人にのめりこんでしまったのだ。

痴呆に関わるためには医療関係者、福祉関係者のコネが必要だ。私はただのモノ書きである。残念なことに家族にはまだ痴呆がいない。それでいろんな知り合いに頼んでグループホームや介護施設を紹介していただき、そこに通って手伝いのようなことをしながら痴呆老人と出会っていった。その縁のようなものが繫《つな》がって繫がってついにスウェーデンまで運ばれてしまったのだ。運ばれてしまった……というのも受け身で日本人的な表現であるがそんな感じ。背後の目に見えないおのずからの力によって、私はなぜか北極圏で世界的な痴呆老人のエキスパートと共に白夜の太陽を眺めることになったのである。

犬ぞりチャンピオンのビキッタは、私たちのために「真夜中のピクニック」を企画してくれた。車を予約してワインやサンドイッチを用意してホテルまで迎えに来てくれた。午後十一時にホテル前から車に乗る。夏の北極圏では午後十一時はまだ夕方四時頃の明るさである。太陽はずっと沈まない。水平線の上を再び昇り始める。

時差ボケに加えて、暗くならない白夜の天候に私の体内時計は狂ってしまった。いったいいつ寝ていいのかわからない。でもそこは医療関係者の集団である。安眠剤をもっているスタッフがいて初めてハルシオンという薬を飲んだ。

「ビールといっしょに飲むといいよ」

「そうなんですか?」

「ハルシオンは酔って飲むと記憶が飛ぶ。痴呆老人の気分がわかる」

そういうクレージーな面々といっしょに、キルナの郊外にあるスキー場に向かった。冬はスキー場だが夏は野草の茂った小高い丘である。この頂上から沈まない太陽を見るのがキルナ流ミッドナイト・サン・ピクニックなのだそうだ。車は中腹までしか登れず、あとは自力で登る。夜がないというのは不思議なもので起きていても元気なのである。もう真夜中だっていうのにちっとも夜のような気がしない。いつまでても活動してしまう。体がもたない。

　スティーナは最近ちょっと肥満気味で、山登りは辛《つら》そうだった。足を引きずりながらそれでも大喜びで空を仰いでいる。もうすぐ十二時よ、とビキッタが叫ぶ。

　だからなんなのよ……と、私は思っていた。沈まないからってなにが面白いんだろうか。登ってくる太陽なら拝みたくもなるが、沈まない太陽のどこがスペシャルなの。

　きっかり十二時。ミッドナイト。太陽は輝いていた。水平線の上にじっと留まっている。不思議なことに、それは太陽であって太陽ではなかった。私が知っているどんな太陽とも明らかに絶対に違った。

　これが、白夜か。

　その太陽は見たこともない色をしていた。白っぽいオレンジなのだが見つめているとピンクになる。幾重にもピンクの日輪が取り巻いていて光の輪がぐわんぐわんと回転しながらまっすぐにこちらに向かってくるのだ。

「回転していませんか?」

　私が言うと、スティーナが答えた。

「ええ、回っているわ。すごいパワーね」

そうか。やはり同じことを感じるんだ。回転する光が体を貫通していく。太陽がとても近く感じた。大昔に私たちの祖先が祈りを捧《ささ》げていた太陽の、その本質の姿ではないか、そんな気がした。熱ではない物質的なものを越えた別のエネルギーが強烈に放出されている。無限に送り出される光の波を浴びて私たちはただじっと太陽を見つめた。スウェーデン人も日本人も、たぶん同じ気持ちであの太陽を見つめていたんじゃないかと思う。グローリア。

キルナでスティーナ達と別れて、私はノルウェーのオスロに入った。ノルウェーも初めてだった。せっかく来たのだからフィヨルドでも見学しようということになったのだ。オスロで私は少し落ち込んでいた。私が望んでいたスウェーデンの痴呆老人との接触がうまくできなかったからだ。この国では介護者がどんなふうに痴呆の世界に潜り込んで働いているのか、福祉先進国のプロの現場を見てみたかった。だがその機会が想像したよりずっと少なかったのだ。果たしてこの旅行には意味があったのだろうか。私はなにか考え違いをしていたんじゃないか。期待を裏切られ望んでいるものが手に入らないと、すぐそういう淀《よど》んだ考えにのっとられてしまう。私は一粒の悪い種を大きく育てることにかけては天才的な農夫なのだ。

ありすぎる自由時間をもてあましオスロにやってきて、そしてオスロの街をさ迷っているうちにオスロ大聖堂を見つけた。ガイドブックを見るとここにはすばらしいパイプオルガンがあり演奏は水曜日と書いてある。その日は水曜日ではなかった。でもまあ入ってみるかと思い、薄暗い中に進んだ。

ひんやりとしたオスロ大聖堂の椅子に座って天井画を見上げる。たぶん聖書のなかの物語なのだろう、深い意味のありそうな宗教画が描かれていたが知識のない私にはよくわからない。ただ、この大聖堂を埋め尽くすモザイク画の中心に描かれていたのは、太陽だった。太陽は大きく力強く、幾重もの日輪を放っている。その光は大聖堂の四隅にまでくまなくそそぎ、受難のイエスをも照らしていた。まさに、あの白夜の太陽そのものだった。太陽を縁取るように、文字が記されている。

DEO GROLIA IN EXCELESIS.

この国の根底にあるのは、長い冬に閉ざされる北欧の人たちの奥深くを照らしているのは、やはりあの沈まない太陽なのではないか、そう思った。

そのとき、突然にパイプオルガンの演奏が始まったのだ。

大聖堂の中に荘厳《そうごん》な七色の響きが溢《あふ》れて、頭上の太陽が音と共に光を放つ。
ほら、おまえはこれでもわからないのか。
誰かがそう言う。
世界はおまえの思うとおりに存在しているだけなのに。

アートの呪縛《じゅばく》

最近「知覚」というものに興味をもっている。

私には「滝めぐり」という妙な趣味がある。ある時、屋久島《やくしま》の大川《おおこ》の滝という美しい滝の前で、頭上から落ちてくる激しい水流を眺めていた。じっと凝視していると、不思議な事が起こった。水の流れを見てから、岩に目を移すと、岩がびろーんと伸びて上昇していくように見えるのである。

もちろん錯覚なのだけれど、岩が伸びる様子がなんとも奇妙で、繰り返し水を凝視しては視点を岩に移してその錯覚を楽しんだ。まるで成長するように岩がぐんぐん伸びていく。人間の感覚というのはなんとあてにならないものかと思った。

凝視する、この行為はあまり人間には向いていないような気がする。何か対象物を凝視し続けていると、だんだんと対象物に意識を集中できなくなる。ただ漫然と凝視するというのは困難な事なのだ。対象物は凝視し続けると意味性を失って、なんだかバラバラになってしまう。日常生活の中では物を曖昧《あいまい》に受け止めている方が都合がいいのであり、観察を始めると全体的なまとまりは失われ、細部の集大成になる。しかし、それでもなお、こんちくしょうとばかりに、じっと目を凝らしていると、見慣れた対象物が見たこともない奇妙な、新鮮なものに見えてきてしまう。

その時、形はある予感に満ちている。


いつも何かを凝視している。そんな雰囲気の人がいる。

私のイメージでは岡本太郎がそんな人だ。目をかっと見開いて「芸術は爆発だ」と叫んでいる。昭和三四年生まれの私にとって、岡本太郎はもの心ついてから初めて意識した「芸術家」だった。大阪万博の「太陽の塔」を作った変人のオジサン。私の母が岡本太郎をテレビで観《み》て「芸術家ってのはやっぱり狂ってるねえ」と呟《つぶや》いていたのをよく覚えている。そうなのか、と子供心に納得した。でも、今になって思えば、やっぱり岡本太郎はスペシャルだったのだ。

正直に言うけど、私は岡本太郎なんて、ちっともわかんなかった。あの人の絵画も、彫刻も十代の私にはまるで理解不能で「こんなのどこがいいの?」と思っていた。太陽の塔も「小学生の絵みた〜い」って感じ。

それでも、岡本太郎の「眼力」には子供心に圧倒された。あの目、なんであんなに見開いているんだろう。そして、あんなに事物を凝視したら血管が切れるんじゃないだろうか。私には岡本太郎の眼が不思議だった。あれはポーズなのか、スタイルなのか、それとも本当にいつも見開いて凝視しているのか？

今から二十年くらい前にNHKの番組で岡本太郎が特集されていて、その時に彼がパリ時代に描いたという「傷《いた》ましき腕」という作品が紹介されていた。それは不思議な絵で、真っ赤なでっかいリボンを髪に結んだ少女の、妙に力強い腕と、その腕に巻き付いたリボンの曲線が、見ている私を不思議なざわざわした気分にさせた。だけど、その頃の私は、何でも頭で考えようとしていて、この絵のことも頭で理解しようとした。なぜ、でかいリボンなのか？　なぜリボンのからみついた腕なのか？　この作家はこの作品で何を表現しようとしているのだろう。

いまにして思えば、私はこの絵からちゃんと何かを感じとっていたのだ。だけど、それは言語化できない何かだった。そして、言語化できないものには価値がない、と、その頃の私は思っていた。私はすっかり「意味」に犯されていたのだ。岡本太郎の描く「顔」とは何なのだ？　アブストラクトって何なのだ？　わかんね〜！　それで、結局、あんまりアートってものを好きになれなかった。

ところが、ごく最近になって、岡本太郎の描く顔を見てショックを受けた。「なんと生命力に満ちてチャーミングなの」と心が震えた。自分でもびっくりした。これは精霊の顔だな、と直感している。どうしたんだよ私。岡本太郎、好きじゃん、感じちゃうじゃん。自分の変化にとまどった。彼のアブストラクトも「いいなあ」と思う。わかんねえって思ってたものが、なんか胸にガツンと来る。


知覚の変化を感じるようになったのは山歩きを始めた頃と一致する。

三十歳を越えてから、私は山歩きを始めた。今では「原生林オタク」と自称するほど、日本中の森を歩いている。

私の自然の原点は屋久島の森にある。屋久島に毎年のように通い、屋久島の本まで書いた。親しくなった土地の人たちといっしょに遊び回るうちに、だんだんと「海」「森」「山」「川」が自分の身体《からだ》のなかにしみ込んでいったような感じだ。

森は植物が作っている。森に興味を持つと当然、植物に目がいくようになる。特に木。木というものに着目し、木って凄《すご》いなあと感じるようになってから、今度は自分の身近な自然のなかに木を探すようになった。私の視界は広くなった。地面から木の梢《こずえ》、そして空まで。

以前はあまり首を動かさずに生きていたような気がする。狭い範囲にしか視線が行かなかった。首が痛くなるほど空を見上げるなんてこと、そんなになかった。

私は、首が痛くなるような木を、探し始めた。自分の身近な世界に。

そして、神社に行き着いた。

元気な巨木はおおむね、神社の境内にあるのだ。つまり、元気な木を探そうと思ったら神社に行ってみるのがてっとり早いのである。それにしても、考えてみたら神社って何なんだろう？

私は神社とお寺の区別もよくわからなかった。子供の頃から神社は私の暮らしの中にあった。日本全国どこに行っても神社はある。そして神社には鳥居があり、境内があり、水場があり、社《やしろ》があり、木がある。神社の境内は木陰になっていてこんもりと涼しい。しかし、じゃあ、この神社って何だ。

ハタとそのことを考えて、自分があまりにも神社というものを知らないことにがく然としてしまった。そこで、友達に聞いた。「ねえねえ、神社ってなあに？」すると友達はこう答えた。「お稲荷《いなり》さんでしょ、キツネの霊を祭ってあるところじゃないの？」「キ、キツネ？」

私は自分の家から一番近い神社に行ってみたけど、そこにはキツネはいない。狛犬《こまいぬ》がいた。「キツネってわけじゃないよなあ……」で、理解したことは、神社を知らないのは私だけではないってことだ。たぶん私の年代から下の多くの人々は神社が何であるか知らないのだと。

私にとって神社は「戦争」と結びついていた。

なぜかというと、靖国《やすくに》神社を連想するからだ。かつて私のいた会社は靖国神社の近所にあり、あの鉛色の巨大な鳥居を夕暮れに見ると、なんだか「どーん」と重々しい気分になってしょうがなかったのだ。靖国神社には戦争で死んだ人がたくさん鎮魂されているらしいことは知っていた。そこで私は靖国神社は戦争の神様だと思い込んでいたのである。

で、そこからさらに「右翼の宣伝カー」というイメージがつながっていく。つまり私の頭の中では、神社→靖国神社→戦争→慰霊→右翼の宣伝カーといった、なんともお粗末な連想ゲームが展開され、その結果として「神社って右翼と関係があるらしい」とずっと思っていた。

「靖国神社は国家神道《しんとう》なんだよ。明治になって、国家神道というものができて天皇制と深く結びついたんです」そう教えてくれたのは、洋泉社の社長の石井慎二さんだった。「国家神道ってなんですか？」と私が聞くと、これに書いてあるよと『神道の謎《なぞ》を解く本』（洋泉社）という本をくれた。

読めばなるほど、神道というのは、その時代時代によって、いろんな形に姿を変えてきたのであることがわかった。そして私がなんとなく神道が嫌いだと感じていたのは、「神道＝国家神道＝天皇制＝ナショナリズム」という認識を無意識に頭に埋め込んでいたからであり、天皇制はあまり望ましくないぞ、なぜなら天皇陛下のためにと言って戦争で一般人がたくさん死んだのだから、というかつての左翼思想の残がいなのだった。

私の神社理解は屈折していた。神社だけではなく、日本を理解するためのベースがかなり左寄りに屈折していたと今になって思う。が、その事は、最近まで自覚できなかった。

本によると、どうやら神社というのは、太古の昔、お祭りの時に神様が着地するエアポートみたいな場所だったらしい。

神社ってのは日本の神話と関係がある場所だ。お恥ずかしいが私はそんな事すら知らなかったのだ。神話……つまり「古事記」に描かれているようなイザナギノミコトやイザナミノミコトの世界。そんな古い神様たちが神社に祀《まつ》られているのである（もっと古い神様もいる）。

　神道の神様は自然といっしょにいる神様たち……というよりも、自然のあらゆるものを神にたとえたというべきかもしれない。だからその神様が降り立つ場所は聖なる自然の森でなければならず、それで神社は、泉がわき、巨木が生い茂り、植物が繁茂する豊かな生命の営みの場所に作られた。古い神社のある場所は、生きた場所、生態系が残っている場所である。古代の人たちは自然の力、生命の力を喚起させるような場所に神社を作ったわけだ。

　大陸から文化がやって来て、現在の神社みたいに、鳥居ができ、常設の社が作られるようになった。その起源は「聖なる食べ物である稲」を貯蔵する倉だったそうだ。ちなみに、このように社が常設されるようになったのは仏教建築の影響らしい。神道の神様たちも、縄文時代、弥生《やよい》時代、そして仏教伝来と、その時節に合わせて姿を変えてきた。神道は宗教というよりもアニミズムに近いもので、おおらかで、いいかげん。でも、深く深く日本人の本性に根ざしていた。だから、さまざまな器に盛られても、その思想性が損なわれることなく現在まで受け継がれてきたのだろう。

　古代アニミズムから派生した神道は、宗教とはちょっと違う。なにしろ何にでも神様が宿るし、人間も神様もいっしょくたにいるし、なんとなくギリシャ神話の世界を彷彿《ほうふつ》させる世界観だ。自由で、大らかで、矛盾だらけ、ダイナミック。

その神道のよさを理解しつつ、仏教と神道のいいとこどりをして日本に定着させ、日本人の心を安定させるために尽力したのが、聖徳太子である。この人は本当に頭の良い人だったのだなあとつくづく思う。現代に転生してくれればいいのに。

そんなわけで、日本人は大陸からやって来た体系的宗教である仏教と、自然のなかに八百万《やおよろず》の神を見て、木の一本一本に魂を感じるような神道を心の中に合わせもつ民族となる。けっこうステキな事だ。

慶応四年に「神仏分離令」なるものが出されるまでは、仏教の神様も神社にいっしょに住んでいた。なんで、分離せねばいけなかったかというと、明治の初期の指導者の方々の「王政復古」方針によるらしい。

早いとこ西洋近代文明を取り入れて近代国家になりたかった指導者のみなさんが、その土台として選択したのが天皇を中心にした古代王制だったのだ。でもいきなり神道に特別な権威を与えてもうまくいかず、結果として神道は「日本の伝統文化」的に位置づけられてしまった。古代から伝えられてきた自然と生命の思想というエネルギーを奪われていってしまったのだ。

「それに猛烈に反発して、身体《からだ》を張って神社を守ろうとしたのが南方熊楠《みなかたくまぐす》なんだよ」と、再び石井さんは言う。

「えーー？　熊楠ってそういう人だったんですか？　私は昔の荒俣宏《あらまたひろし》さんみたいな学者かと思っていました」

「違うよ。熊楠は、神社は日本人の生命のより所であり、生命のミステリーやエコロジーの根幹をなす場所だから、守らなければいけない、って命がけで明治政府に嚙《か》みついた男なんだ」

「すごい人ですね……、今の日本人の精神の崩壊を予感してたんだろうか？」

「どうだかね」

神道が生命と自然のアニミズム思想から「国家の祭儀道徳」にされちゃったことで、私のような一般民衆の神社への思いはどんどん薄くなっていった。そして巨大な鳥居で人々を威圧するような靖国神社が建てられた。けれども、そんな中でも、多くの神社のある森は「鎮守の森」として守られ、その森にある木々や植物や動物は八百万の神々のお力で現代に伝えられているのである。鎮守の森が守ってきたのは、日本の、もっとも日本らしい「里山」の自然だった。それは人間と自然がいっしょに暮らす場所。深山の大自然ではなく、人が日常的に祈りを捧げる場所にある自然、それを神社は守っている。というわけで、私はがぜん神社めぐりに興味がわいてきて、暇があればいろんな神社を歩いている。

神社を歩くことは森を歩くことと繋《つな》がっていた。そして、古神道や自然に興味を持ち、その美しさに魅了された頃から、なぜか私は改めて岡本太郎という人の芸術に魅《ひ》かれるようになったのだ。

たとえば、正体不明の黒い塊を描いたおどろおどろしい抽象画がある。何十分眺めても、全くちんぷんかんぷんだった。ところが、ある日、私にはその正体が見えたのだ。それは凄《すさ》まじいまでの、情念であり、『もののけ姫』に描かれていた「呪《のろ》い」である……と。

岡本太郎という人は日本人の、仏教以前の、神道以前の、最も古い土着の魂、あるいは神を感じてそれを表現しようとした人なのだと、今ならわかる。日本の自然、風土とともに生きてきた私たちの祖先が自然のなかに見いだした世界、心。日本人でなければわからないのに、なぜか普遍的に世界と、そして地球とつながってひとつになるもの。森羅万象に潜む確かな命であり、それが人間に降りる時、情念と祈りとなる。科学がどんなに進歩しても、私が恐れおののくものは古代人と同じだし、私の祈りもまた古代人と同じなのだ。

そして、いまようやっと、私に見えるようになったのは、岡本太郎の黒く立ち昇るような曲線が描き出す、土着の精霊たちの情念、地を這《は》うものたちの叫びや祈り、天と地と冥界《めいかい》が繋がる世界だ。私は今、岡本太郎の絵のなかにそれを観ることができる。その事に自分がまず驚いた。それはたぶん、私が自らの知覚を信じることによって獲得した盲信である。独断と偏見とも言える。でも、独断と偏見を堂々と感じることができるようになって初めて、私は芸術という世界に踏み込むことができた。自分の感じ方を肯定したとき、アートがそこはかとなく面白く感じられるようになったのである。

こういうことってあるんだよ。だから長生きはするもんだ。感覚は突然変わる。予感は稲妻のように落ちてくる。時が来れば見えない知覚の扉が開く。たとえそれが妄想であっても、確実に私の世界は変化した。

たぶん、私は世界という絵本のページをやっと開いたところなんだ。そう思える。これまで私は世界という絵本を持っていたけど、それは本棚に飾ってあったのだ。そのページをやっと四十歳になって、開き始めたのだと思える。

気持ちが違えば、知覚は変わる。愛を感じながら花を見つめるのと、憎悪《ぞうお》を感じながら花を見つめるのとでは、きっと違う花が見えてしまう。薔薇《ばら》を思いながら匂《にお》いを嗅《か》ぐのと、糞尿《ふんにょう》を思いながら匂いを嗅ぐのとでは違うはずだ。

知覚とは、可能性なのだ。私の心が変われば目が変わる。私という認識の世界はこの程度だ。知覚は大嘘《おおうそ》つきだ。真実は何ひとつわからない。この大発見は私にとってコペルニクス的転回だった。そうなのだ、世界とは果てしもなく、不確実なものなのだ、という認識。

そこに立てた時に、いきなり、芸術の扉が開いた。

アートの呪縛《じゅばく》が解けた。あんなにわからない、と思っていたアートを、ようやくいま、楽しめる。ずいぶん遠回りをしたものだ。

ゴミの起源

三年間自分の部屋にため込んだゴミ、一三四キロを、公園の草むらに不法投棄して書類送検された愛知県の男性のニュースを読んだ。

その男性は三十歳の会社員で、転勤で会社の寮を出ることになり、たまったゴミの処分に困って公園に捨ててしまったのだそうだ。

新聞には「毎日こつこつ捨てればよかった、と反省している」と、記載されていた。ほんとうにそう言ったのかどうかはわからないけれど、なにかピントがズレたコメントだと思う。あまり反省していないんじゃないだろうか。

ゴミは、たぶん二一世紀最大の課題だ。あらゆる問題は、最後、ゴミに行き着く。そんな気がしてきた。

人間が自分たちで独自のエネルギーを作りだし、それを使って自然界に存在しない化学物質を作ったことが、たぶん「ゴミの起源」だろう。

かつて私は縄文時代の「貝塚」がゴミ捨て場の起源だと思っていた。学校の歴史の時間に貝塚は縄文人が食べた貝の殻を捨てた場所だと教えられたからだ。

しかし、近年になって「貝塚」は「貝の埋葬跡である」という説が有力になっている。縄文人は貝を捨てたのではない。貝の魂に感謝して、貝を埋葬したのが「貝塚」なのだそうだ。学校ではきちんとそれを子供に教えてほしいと思う。そうでないと縄文人に申し訳がない。およそ彼らには捨てるという発想はなかった。あらゆるものを命あるものとして敬い、埋葬したのが彼らの精神世界である。

江戸時代まで日本はリサイクル国家。見事なリサイクルシステムによって、大便小便から古着に至るまでリサイクルされていた。近代に入って西洋から科学技術が導入され、産業が起ると同時にゴミというものが出始める。この自然界にあるものだけを利用していた時代には、ゴミの問題はなかったはず。そもそもゴミという概念がなかったと思う。

いったいゴミとはなんだろう。ゴミ……って。

ゴミは不思議なものなのだ。

たとえば、ジュースを買う。一一〇円だったとする。この一一〇円のなかにはジュースの容器代や、その容器にイラストを印刷するためのコストも含まれている。案外中身より高いかもしれない。私は自分が働いて得たお金でジュースを買うわけだが、飲み終わった瞬間に容器はゴミとなり、捨てる。容器分のお金を払っているにもかかわらず、容器を捨てるというのは、かなりしゃくではないか。でも、容器はゴミとなってしまう。払ったお金の、かなりのパーセントを占めている容器を、ゴミだと思うと捨てられる。空き缶なんて持っていても邪魔なだけだし……。でも、空き缶は資源である。私はその分のお金を払っているのに、飲んだらすぐに自分の払ったお金をゴミ箱に捨てるのだ。もともとパッケージにもお金を払っているのに、それはゴミになり、そしてそのゴミがたまって部屋の中の美観を壊し、ついには「ゴミを捨てろ」というプレッシャーまで与えてくる。まったく理不尽である。これでは踏んだり蹴《け》ったりだ。私は中身がおいしければ、パッケージにはあまりこだわらない。どうせ捨てるものになぜこんなに金をかけるのか、まったく理解できない。しかし、自動販売機天国の日本においては、自販機に並ぶパッケージが目立つかどうかで売り上げが違うのであろう。

生活ゴミの多くは「容器」だ。我が家の場合はそう。発泡スチロールのトレイとか、過剰包装による容器、袋、それらのゴミがどんどんたまっていく。あらゆるものがパックされていて、それはまったく腹立たしいが料金の一部でありながらゴミである。

ちなみに日本の高度成長を支えたプラスチック製品、このプラスチックを石油から作る過程で出るのが、水俣病の原因となった有機水銀である。昭和三〇年代、日本の高度成長にとってプラスチックはどうしても必要だった。だから企業は生産を続け、有機水銀を海に垂れ流しにした。そして、国も企業も原因が特定できていたにもかかわらず、操業を停止することなく十五年間、知らんぷりをして有機水銀という猛毒を流し続けたのだ。それによってたくさんの生物が死んだ。猫も犬も魚も海鳥も、そして人間も。

プラスチックは便利だが、それがまたゴミとして捨てられると今度は燃やす段階でダイオキシンを出す。そのダイオキシン除去のために、またしてもばく大な金額が投入される。水俣《みなまた》湾の有機水銀のヘドロは十五年前に一つの島を削って埋め立てされた。四百億円ものお金がかかった。でも、そのヘドロの埋め立て地は地盤沈下を続けており、三十年しか耐久性がない。これから十五年後に、有機水銀のヘドロがどうなるのか、まだ誰もわからない。このヘドロを除去するには、埋め立てた以上のお金がかかると言われている。

三十歳の男性がゴミを捨てる暇がなかった……と、言うのは理解できなくもない。若い頃、私もゴミを捨てるのが大変だった。ずっと夜の仕事をしていたのでゴミを出す時間に起きられない。部屋の中にゴミ袋がたまっていくのはイヤな気分である。

そもそも規則正しい生活ができない人間には、ゴミがたまりやすい。捨てるという行為はすごくパワーがいることなのだ。だからよっぽど健康で、気持ちも前向きではないとゴミを捨てる力は湧《わ》いてこない。なぜなら人間はゴミの歴史よりも長く「モノをリサイクルする」歴史の中で生きてきたのだ。私たちは、実は捨て慣れていないのである。捨てる歴史はここ百年くらいである。それまでは「大切に使う」ことをDNAに刷り込んできたのである。二〇世紀に入って、ゴミを捨てるという試練を与えられて、人間はとても苦しいはずだ。捨てるのは人間が培《つちか》ってきた理性に反する行為であるに決まっている。捨てる瞬間には罪悪感がわく。

かつて「モノ」にも魂があったと、縄文人は考えていた。一万年もの間、人間にとって「モノ」は生き物と同じように埋葬の対象だったのである。それを大量に捨てるわけだから、ゴミに呪《のろ》われて当然であるし、精神状態が悪くなるとゴミが捨てられなくなるのも頷《うなず》けるというものだ。

人はある程度、リズムに支えられて生きているから、自分のリズムが保てない人は捨てることが苦手だ。そういう人はだらしないと軽蔑《けいべつ》されがちだけれど、ばっさばっさとゴミを捨てることがなんでもない精神性が、健全だとは私には思えない。それもちょっと病んでいるなあ……と思える。

ゴミは人間が「不要だ」と判断したとたんにゴミになるのだが、「いらない」というのは、ちょっとマイナスの感情を呼び起こす。だからゴミを捨てる瞬間って、あまりいい気持ちではない。私はそうだ。空き缶をゴミ箱に捨てる瞬間、さわやかだったことは一度もない。どこか「すみません」な感じがつきまとう。

だから、そういうマイナスの波長をもったゴミを部屋のなかにため込んでいくのは、部屋のなかにある密度を作り出す。ただし、プラスであろうとマイナスであろうと安定した波長に人間は馴染《なじ》むものなので、一度、ゴミがたまってしまうと、そこで低く安定して動けなくなってしまうのだと思う。ゴミにはそういうパワーがあるが、それはそもそもゴミがもっていたものではなくて、人間の思念が「いらなくなったモノ」に与えた呪《まじな》いのようなものだ。

痴呆症のお年寄りのなかに、ゴミを拾い集める方がときどきいる。破れ傘でも、はりがねハンガーでも、とにかく落ちているものはすべて拾い集めてきてしまう。拾って集めたものでも、ご老人が「私のものです」と主張すればそれは所有物であり、勝手に捨てるわけにもいかない。家の中からはみだして庭先から道路にまで、ゴミが溢れ返り、異臭を放ち近隣からの苦情でやっと行政が動き出す、そういう事例が近年、跡を絶たない。

ゴミを拾う理由は人によってさまざまなのだけれど、あるおばあちゃんはこう言った。

「だって、かわいそうなんですもの……」

そのおばあちゃんには、捨てられたゴミが泣いているように思えるらしい。おばあちゃんの家にはゴミだけでなく、捨て猫、捨て犬、捨てアライグマまで持ち込まれる。遠くから捨てに来る人もいるらしい。自分が飼えなくなったと言って、ゴミの中に住んでいる痴呆症の老婆《ろうば》の家に平気で押し付けていく。おばあちゃんは拒まない。ボケてしまったおばあちゃんは、あらゆるモノが魂をもっていることを感じてしまうのだ。骨董品《こっとうひん》には独特の「気」があり、敏感な人間はそれを察知したりする。

人間の思念はさまざまなものに転写されて、それらがある波長をおびると気配を出す。そのように人間の思いはモノに魂も与える。モノをゴミだと思った瞬間からゴミという波動をモノに与えている。だから、ゴミというのは二一世紀最大の怪物《もののけ》なのだ。人間はゴミというもののけに、滅ぼされるかもしれない。

捨てる瞬間にこの世界で消費を繰り返す人間が、ちらりと感じるあるとまどいと罪悪感、そのマイナスの思念の集大成。それは燃やせば毒を出すし、捨てておけば地下水を汚染する。心と物質世界はどういうわけか繋がっていて、心の毒はたくさん集まれば物質化して怪物になる。

ゴミを捨てるとき、いつも感じる罪悪感が、単なるモノに呪《のろ》いをかけている。

そして、呪いというのは必ず、呪った者も呪われるのだ。

極楽浄土の屋久島《やくしま》　詩人山尾《やまお》三省《さんせい》を想《おも》う旅

飛行機の小さな窓にかぶりつく男が二人。

子供みたいに突き出された大きなお尻《しり》を眺めつつ、私は苦笑する。空から屋久島を撮影するつもりだろうけれど、あいにく屋久島はそんなに小さくない。南海の洋上アルプスの異名をとる。周囲百キロ、島中央に鎮座する宮之浦岳は九州の最高峰、ファインダーに収まるにはデカすぎる。飛行機がぐるりと旋回して現れたのは深緑の照葉樹林。山々の頂は照れるように雲の帽子をかぶって見えない。

ただいま、屋久島。

これで十回目の屋久島。初めて訪れてからもう十年が経《た》ってしまった。屋久島の本を二冊書き、いまじゃすっかり屋久島通の私は、どうにも屋久島初心者に冷淡だ。そのつもりはないのだが、知ったかぶってしまう。そういう自分を恥じつつ、でも心に「私だけの屋久島」があり、ついうんちくが多くなる。

タラップを降りると、足下から熱気が沸き立つ。

「まったく暑いね。だから夏の屋久島はやめようって言ったのに」

屋久島通の私としては、屋久島のベストシーズンは新緑の春と決めている。担当編集者の松本太郎君が少し悲しげな顔をする。実は太郎君とは、彼が大学生の頃からの知りあい。もし、弟がいたとしたらこんな感じなのかな、くらいの親近感があり、言葉にも遠慮が消える。

「夏もいいじゃないですか。やっぱ、すごいっすよ、屋久島だ〜!」

夏が大好きという太郎君は、元気いっぱいに腕を振り回す。今の世の中に一番必要なのは元気で前向きな青年だ……、と誰かが言ったけど、彼を見ていると確かにそうかもしれないと思う。夏の屋久島の燃え上がるような生命力には、青年がよく似合う。ま、いいか、私は太郎君に屋久島を見せたかったんだ。ただ、それだけ。今回は自分の目で屋久島は見ない。誰かの目を借りて屋久島を見てみる、それでいい。

正直なところ、体調が最悪だった。とても旅行などできる身体《からだ》じゃない。たいがいの仕事は断って家でおとなしく養生していた。病名は「ぎっくり腰」、情けねえ。山登りはとても無理。こんな身体で屋久島に行ってどうするの。

そこに浮かんだ名案。そうだ、山尾三省さんのお墓参りに行こう。それならぎっくり腰でも大丈夫。

山尾三省さんは、屋久島に住んだ詩人であり随筆家。私は二〇〇一年の五月に初めてお会いした。そして、それが最初で最後の出会いになった。三省さんは同年の八月に胃がんで他界された。

訃報《ふほう》から三年も経とうというのに、まだお焼香もお墓参りもしていない。ずっと気にはなっていた。死の直前に一度だけお会いした詩人。私は三省さんを知らなすぎる。だから、今回は三省さんをたどる旅をしようと思った。山尾三省という詩人が見た屋久島を見てみよう。屋久島に対して傲慢《ごうまん》になってしまった自分の目を閉じて、命の灯火で三省さんが見つめた極楽浄土の屋久島を見てみたい。


「ランディさん、この水、飲めますか？」

太郎君が川の水を指さして聞くので、「あたりまえだよ、ここは屋久島だよ」と答えた。とたんに青年、うわー！　と叫ぶと、がぶがぶと水を飲む。

「すごいですねえ、川の水を飲むの、初めてです」

「上流に人間が住んでいなければ、水が濁ることはないんだよ」

屋久島のすごさはまず水だ。この美しい水。せつなくなるほど澄んだ水。ひとたび、水に身体が触れると一瞬にして全細胞が蘇生《そせい》する。光の筋が脳天から会陰《えいん》を貫いて、天と大地につながる思いがする。ああ、水に触れている……と思う。私は水に触れている、そして、万物に触れていると思う。

屋久島は隆起花崗岩《かこうがん》の島。表土はせいぜい二メートルくらいで、そんな薄っぺらい地面を樹木が根っこを張り巡らせて支えている。ネットワークならぬ根っこワークだ。

「そんなに土がないのに、どうして屋久島はこんなに緑の島なんですか？」

「それはこの島の地形のせい。洋上に九州一高い山が浮いている。そこに風が当たって上昇気流が起こる。つまり屋久島はものすごく雨が多い。南国の強い日差しと、月に四十日降ると言われる雨のおかげで、厳しい環境下でも植物がどんどん繁茂するわけ」

屋久島の水は岩にろ過され山から降りてくる、だから、ものすごく透明だ。バクテリアも少なくて、純粋すぎて魚が育ちにくいとさえ言われている。

岩盤から流れ落ちる水は滝となる。島のいたるところにほとばしる滝。山頂の巨大な花崗岩は天変地異の度に下流に転げ落ちる。それらが河原に積み重なり、屋久島特有の巨岩の渓流となる。まさに絶景かな絶景かな、だ。

「ここは、私の秘密の河原なんだ」

永田の横河渓谷は美しい河原だ。大きな岩と岩が重なり合って天然のウォータースライダーやプールができている。はじける水しぶきを浴びて、川の水に全身を濡《ぬ》らすと気持ちよさで気が遠くなってくる。太郎君は川の水に飛び込んで、気持ちイー！ を連発する。まるで子供だ。そしてがぶがぶ水を飲む。飲めるのがうれしいんだ。私もそうだった。屋久島に来るまで、私は水を信じていなかった。

ふと、山尾三省さんの言葉を思い出す。

「世界中の川の水が、飲めるほど清らかな水にもどったら、世界は変わるでしょう。私たちは、水によって繋《つな》がっているのです」

人間の質量の七〇パーセントは水。

身体のなかの水は常に外部の水と入れ替わっている。水は天を、地を、そして生物の体内を巡り、大循環を繰り返し、世界を一つに結んでいる。そのことを、とてつもないリアリティをもって、屋久島に来ると思い出す。屋久島の水に触れるとせつなく、なつかしい。まるで遠く離れて忘れていた母親のことを思い出すみたいに。こんなに大切なものをどうして忘れていたんだろうって、そんな気持ちになる。

山尾三省さんが屋久島に移住したのは一九七七年、三十八歳の頃。樹齢三千年とも七千年とも言われる古木・縄文杉に惹《ひ》かれて、屋久島永住を決意。この島を死に場所と決め、その言葉の通り屋久島で亡《な》くなった。十年前、初めて屋久島に来た時から、三省さんの噂《うわさ》は聞いていた。でも、その当時は私は三省さんにちっとも興味がなかった。

「ようするに、かつて学生運動をやっていて挫折《ざせつ》して、エコロジーに目覚めちゃって、それで屋久島で自給自足しながら詩とか書いているオジサンでしょ。ワタシ、そういうのちょっと苦手」

学生運動とか市民運動とか、そういう手合の人としゃべるとめんどくさい、主義主張ばかりで人の話を聞かない頑固頭ばっかり。そう決め込んでいたわけだ。三省さんの詩も、チラリと読んでみたけど、先入観が先に立つせいかどうも好きになれない。

そうしてめくるめくように時が過ぎて、二〇〇一年、屋久島の友人から「山尾三省さんに会ってみませんか？」とお誘いを受ける。聞けば三省さんは末期がんで余命三カ月とのこと。恐れ多いと身震いしてお断りした。そんな大変な時に私のごとき縁の薄い者がノコノコ出る幕ではない。もっと大切な方々と時間を過されるべきである。でも友人は山尾さんに会うことを強くすすめてくれた。心通じている友人ゆえ、私も悩み、それで初めて素直な気持ちで三省さんの著作を拝読した。

美文だった。緊張感のある簡潔な、それでいて流れるような文章。三省さんの初期の作品には世界を変えようとする若い意気込みが感じられる。それが年を経るに従ってそぎ落とされ、自分の内面へ内面へと視点が向けられていく。真摯《しんし》に自己を通して世界と繋がろうとする姿勢が、読んでいて苦しいほどだった。文章は平易になり、題材はありきたりな日常へと移行する。でも、テーマは存在や宇宙へと深まっていった。

出会いとは不思議だ。人の縁と偶然に助けられて、私は三省さんを訪ねる。友人に案内され、ご自宅前に立った時はあぜんとした。

いかに自給自足が信条の詩人であっても、もう少し豊かな暮しをしているものと思っていたのだ。家は言葉にするのが憚《はばか》られるほど質素であった。玄関の戸なんて、壊れてはずれていた。

部屋に通されると、小さな男の人がちゃぶ台の前に慎ましやかに座っていた。

その日、三省さんはめずらしく体調が良いということで、なにやかやと話がはずみ、二時間も私のお相手をしてくださった。後に聞けば、その頃はもうかなり身体がだるく、のたうつような闘病の日々だったそうだ。

私は、三省さんに何も質問できなかった。なぜ屋久島に住んでいるのか、詩作のこと、自然環境問題に対する三省さんの意見、そういうまともなことを質問することが一切できなかった。言葉を失ってしまった。一秒一秒を命を燃やして生きている人を前にして、自分が言葉をもたないことを思い知って、そのくせ、なにかしゃべらなければ、みたいな姑息《こそく》な考えで頭がいっぱいだった。そういう若輩者の私に三省さんは老賢者のように優しくて、私が音楽をテーマにした小説を書きたいと言えば、ご自身の友人の音楽家のご住所を一生懸命に探して書き写してくれたりしたのだ。

三省さんとお話したことは、やはり、水と魂のことだった。

「魂は、水のようなものだと思うのですよ。水は、水蒸気になったり、氷になったり、雪になったり姿を変えます。でも、水は水ですね。それと同じで、我々の魂というものも、うんと微細な霧のような状態のとき、それを神と呼んだりするのではないでしょうかね」

常世《とこよ》では水と呼ばれ、黄泉《よみ》では魂と呼ばれるのか。もしかしたら、水と魂は一つのものかもしれない。そして、世界を巡り繋いでいるのか。そんなことを思った。

屋久島は世界自然遺産の島だ。

近頃では、白谷《しらたに》雲水峡は「もののけ姫の森」と呼ばれ、観光客も増えているという。十年前は、雲水峡の原生林コースは、人っ子一人いないことがざらだった。屋久島はすっかり有名になったし、屋久島の自然を知ってくれる人が増えたのはうれしい。この島の自然を伝えたくて、その一心で私は本を書いたのだ。それは現在『ひかりのあめふるしま 屋久島』というタイトルで文庫化され、屋久島に行くと私の本をもっている人に出会ったりする。

観光客が増えたといっても、屋久島はこの十年間、ほとんど変わることなく森も川も美しい。私にはそう見える。でもそれは、私も観光客の一人だからなのだろう。実のところ、屋久島のことをさほど知りもしないから、思い入れが強くなるのだ。

島育ちの友人が言っていた。

「なんで、都会の人が屋久島に来るのかわからんかった。俺はこの島で生まれて他のところへ行ったことがないから、比べようにも比べられん。よそに比べてそんなに屋久島はいいんかな？」

屋久島に育てばきれいな水はあたりまえ、緑の森もあたりまえ。そうなんだろう。

川の水が飲めるとありがたがる都会人は不思議に見えるに違いない。

「昔、白川《しらこ》に行って、移住してきた者たちと議論したことがあるよ。なんで屋久島がそんなにいいんだ、って」

三省さんも、同じ質問を何度も受けたのだろうなあと思った。

あの時、聞けなかったけど、やっぱり知りたい。三省さんはなぜ、屋久島に移住したのだろう。故郷でもないこの島を死に場所と決めたのだろう。そして、三省さんは本当に屋久島が好きだったのか。

三省さんの古いお友達の言葉が気になる。

「三省は、東京の神田の生まれでしてね、下町っ子ですよ。三省は東京が好きだったと思います。都会を、決して嫌いではなかったと思います」

亡くなる前の三省さんの遺言その一。

「ぼくの生まれ故郷、東京・神田川の水を、もう一度飲める水にしたい……」

三年ぶりに、白川の山尾三省宅を訪ねる。

主《あるじ》の亡くなった家は、それなりの平安を感じさせた。庭に花が咲き、室内は清潔に片づき、人が暮している しっかりとしたぬくもりと秩序が感じられた。

夫人の山尾春美さんが、冷たいお漬物とゼリーでもてなしてくださった。三省さん亡き後、お子さんたちとともに屋久島で暮している。でも、春美さんはもともと山形の出身だ。

晩年の三省さんのエッセイには、春美さんやお子さんの様子がていねいに描かれている。まるで魂の輪郭を写し取ろうとするかのように。

「三省さんは、ご自宅での闘病生活を作品に書かれていますね。春美さんに枇杷《びわ》の葉温灸《おんきゅう》をしてもらったこと、散髪してもらったこと。末期がんの三省さんを、春美さんはほんとうによく、支えてこられましたね……」

病んだ詩人よりも、その看病をする夫人に気持ちが寄り添うのは、私が女だからか。書くとは大変なエネルギーのいることで、病の床で最期《さいご》まで書き通すには、よほどの理解者がそばに必要であろう。

春美さんは、少しはにかみながら、私に答えた。

「ごほうびを、くれるんですよ」

「え？」

「どう言ったらいいのでしょう、ときどき三省は、作品のなかに私のことをとてもよく書いてくれて、それが私にはごほうびをもらったようにうれしくて……」

あとの言葉は途切れ、沢の水音に消されてしまった。

白川集会所の上、かすかに海の見える山の斜面に登る。そこに三省さんのお墓があった。春美さんが沢の水を汲《く》んで墓石にかける。ああ、冷たくていい気持ちだ。ありがとう。そう三省さんが呟《つぶや》いた気がした。

いっしょに、手を合わせ、祈る。

三省さん、もしかしてあなたは「ありがとう」を伝えるために書き続けられたのですか？

すると、さあっと風が吹き、山の蟬《せみ》が一斉に鳴き出した。

三省さんの詩集を片手に島をぶらぶらする。

海。屋久島の海に潜ると、その魚種の多さにびっくりする。一湊《いっそう》の元浦の海岸からシュノーケリングで飛び込めば、釣り人が糸を垂れる堤防のあたりにサンゴがあって、そこに色とりどりの魚が群れ泳ぐ。ヤガラ、ナンヨウハギ、チョウチョウウオ、夢中で魚を追いかけて、気がつくと首筋がチリチリと陽に焦《こ》げている。

このあたりで、三省さんは流木を拾ったらしい。屋久島の流木拾いは楽しい。海の流木もいいが、川の流木もすごい。なにしろ樹齢千年にもなるヤクスギの流木を拾うこともあるのだから。運良くヤクスギの流木を拾ったら、乾燥させて磨けばつるつるになる。そのずっしりとした重みが、この樹《き》の生命の長さを思わせる。

海岸は、あいにくと満潮で流木なんかありゃしない。しょうがないね、と、ざぶんと海に飛び込んでひと泳ぎした。

数年前、台風が来ない夏があって水温が上昇し、このあたりのサンゴもたくさん死んだ。だけど、自然ってのはたいしたもんだ。魚は戻って来ているし、小さなサンゴが育っている。

去年は台風が大きすぎてこれまた大変で、森ではたくさんの樹がなぎ倒されて地滑りが起こった。倒れた樹の場所に光が当たり、その光を求めてまた植物が芽を出す。そんなふうにして、破壊と復活を繰り返しながら、屋久島の自然は生きている。だから、私の目には変わらないように見えるのだ。でも変わっている。すべては変わりゆく。同じなんてことはない。雲も、波も、すべて変わりゆく。無情なくらいに変わり続けるから、時として同じに見える。

永田浜の海岸はウミガメの産卵シーズン。

永田浜は三省さんの大好きな海岸だった。この浜は本当に美しい。だけど、砂浜は年々小さくなっている。砂が流出しているのと、海面が温暖化で上がっているのと、その悪い相乗効果だ。いつしかこの浜が消えてなくなったら、ウミガメはどこで産卵するのだろう。

昔、屋久島ではウミガメの卵が子供たちのおやつだった。栄養も豊富だし、独特のざらざらした食感がたまらないとか。ウミガメの保護が始まって、長年のボランティアの努力が実ったのか、永田浜で産卵するウミガメの数は増えている。

でも、ときどき島の人はぼやく。ウミガメの卵は美味《うま》かったのに……と。きっと卵を食べたいわけじゃないんだと思う。自分たちはウミガメの卵を食べていた。ウミガメの赤ちゃんは集団じゃないと海までたどりつけない。だから、海にたどりつけるくらいの数は残してやった。島には島のウミガメとの接し方があったのだろう。それを外からやって来た者たちが、ウミガメ保護という正義をふりかざしてそれまでの文化を否定した。だから、なんとなく、不満なのだと思うのだ。だって、屋久島は確かに、屋久島の人たちの故郷なのだから。

浜に降りて背伸びする。日差しが強い。

ああ、空と海がとけている。

この真昼を
こうして感受できることを　感謝しつつ
なおも　より深い平和と　実りが
この地上に　見られることを　願う

〈願う〉ということと
東シナ海という地理が　ここに広がるということは
決して　別のことではない
わたしたちは

この青海《あおみ》の〈願い〉から生みだされて
四十六億年をかけて
はるばるここまで　たどりついた
〈願い〉の果ての　またひとつの
青く染められた
わたしたちという　尊い〈願い〉なのであるから

〈永田浜　正月〉より抜粋

三省さんの海の詩には、生命の起源をたどるものが多い。この島で、三省さんは自分の命の始まりを思い、遠い遠い過去を見つめている。私という存在は四十六億年目の最先端の命。そうやって、過去と現在と未来を言葉の力でつなごうとしていたのか。

山尾さんの遺言、その二。

「この世界から原発および同様のエネルギー出力装置をすっかり取り外してほしい。自分たちの手で作った手に負える発電装置で、すべての電力をまかなえることが、これからの現実的な幸福の第一条件であると、ぼくは考えるからです」

一九六〇年代、ベトナム戦争でアメリカが化学兵器を使いじゅうたん爆撃をして多くのベトナム人を殺した。その現実に三省さんはもだえ苦しんだ。しかし力による社会変革に疑問をもち、個人として世界に関わり続けることを、自分の人生において実践した。

屋久島に住んで、いつも世界のことを考えていた人。この辺境の地で、寝ても覚めても人間が幸福に生きる術《すべ》を模索した、そして、突然がんで死んでしまった。

三省さんの死からひと月もたたぬうちに、アメリカの同時多発テロが起こる。生きていたら、この時代をどう生きるのか。

死者への問いは、すべて自分に戻る。

西部林道は緑の回廊だ。

屋久島の中でも、この林道付近の照葉樹林が最も素晴らしい。したたるような緑。くねくねした道を太郎君の運転で走る。木漏れ日に目がくらむ。

「ランディさん、この林道を歩いたことがあるんですよね？」

「うん。三十キロを五時間かけて歩いた」

「三十キロですか、すごいですね」

「今となっては、なぜ自分があんなことを出来たのか不思議だ。歩いているうちにだんだんとウォーキングハイの状態になって、ぜんぜん疲れを感じなかった。身体がふわふわして、歌ったり踊ったりしながら歩いて、あの時は妙だった」

「他に歩く人なんていないでしょうね」

「以前に、もう夕暮れになろうというのに、暗い林道を永田方面に向かって歩いているハイヒールの女の人を見かけたことがある」

「げ、それってヤバイんじゃないですか」

「ヤバイだろうけど、ときどき屋久島にはそういう人がいるんだ。縄文杉までサンダルで登ってくるおばさんとか。でも、女の人は弱音吐かないよ。平気でサンダルばきで登ってくるからすごいと思う」

「怖くないんでしょうか？」

「怖いっていうのは、知っているからであって、何が怖いのかわからなければ怖くないよ。私も、一度、サルに襲われてから、怖くてもうこの林道は歩きたくない」

屋久島は、怖いんだよ。ちょっとはずれると、剝《む》き出しの自然や野生が口を開けていて、赤い舌べろが見えるんだ。そういうものに、とんとお目にかかれなくなっていて、実はその野生の怖さを求めて、屋久島に来てしまうのかもしれない。

「太郎君は、凍りつくような怖い経験をしたことある？　野生のサルに囲まれるとか」

「ありません」

「すげえ怖いけど、そういう時、ものすごいエンドルフィンが出るんだ。そんで、フル回転で脳細胞が動き出して、時間が止まったみたいに感じるんだよ」

「へ〜、そういうものですか」

そうだ、それには条件がある。たった一人で遭遇しなくてはいけない。屋久島にはほんとは一人で来てみるといいんだ。そして、一人で歩いて一人で考える。

不安になったり、悩んだり、とまどったりしながら、それでも自分の目と耳と鼻と足を頼りに島に入っていく。冒険しなくたっていい。そのへんのあぜ道をとぼとぼ歩いてみるだけでいい。

突然に目の前にものすごい夕焼け空が広がるかもしれない。ぼうぼう燃えているような空の色。海の彼方《かなた》へ飛び去っていく入道雲。いく筋もの光が雲間から差し込み、世界が橙色《だいだいいろ》に染まって夢のように美しく、飛び立つ白鷺《しらさぎ》が神さまの使者に思える。

ああ、世界がいま自分に予感を与えている。

そんな風に思う瞬間がある。だけど、それは絶対に一人のときにしかやって来ない。この島の天気は気まぐれだけど、その分、はっとする。意表を突かれるので、ふだんは閉じている感受性が呼び覚まされる。

そして、ほんの他愛《たわい》ないありきたりの夕焼けに、極楽浄土を見てしまうのだ。

黒い雲がやって来た。屋久島の夕立は派手だ。

空から犬と猫が降ってきた、そんな大騒ぎ。そして、一雨去った夕暮れ、安房《あんぼう》川の水面に夕日が差し、暖められた水蒸気が川霧となって川面《かわも》を覆《おお》う。幻想的なオレンジ色のもやの中で、子供たちは夕暮れの水浴びを楽しむ。雨雲は気流に流され、夕焼け空に輝く薔薇色《ばらいろ》の雲。七夕の宵は快晴となった。

「晴れましたね……」

まるで奇跡を見たかのように太郎君が空を仰ぐ。

七夕の夜、私は屋久島の友人を招いて安房川に流れ船を仕立てた。やはり夏といえば流れ船さ。

「おーい。笹《ささ》のお飾りを持ってきたよ」

堤防に座って、耕太君が短冊に願いごとを書いている。

耕太君とは九年前、二度目に屋久島に来た時に民宿でいっしょになった。今回、九年ぶりに屋久島で再会したのだ。うれしくなって流れ船にお誘いした。ついでに「竹を切ってお飾りを作ってきてよ」なんて無理難題を押しつけたら、民宿に泊ってるみんなが協力してきれいな笹飾りを作ってくれた。

「ランディさんの分も、短冊書いておいたよ」

短冊に「目指せ大ベストセラー、追い越せ赤川次郎」と書いてあった。あははは。素直にこの激励がうれしい。なぜだろう、都会でこんなこと言われるとなんか重たくて不愉快なのに、この島で、ここで出会った人たちに応援されると、素直にありがとうって言える。不思議だ。

「九年ぶりって感じしないよね」

「ほんとだよ、まるで、昨日別れたばっかりみたいな感じだ」

「あんとき、ランディさんは青島幸男が都知事になって東京は変わるって喜んでたんだぜ」

「しょうもないこと覚えているなあ。あんたは彼女にフラれて、えらいしょげてたじゃん」

お互いの中に九年前の自分を発見して、少し照れ臭いけど嬉《うれ》しい。この人のなかに、あの時の私がいる。まだデビューもしてなくて、本も書いてなくて、自意識過剰の、頼りない旅人だった私。

流れ船は酒とツマミと人々を乗せて、ゆっくりと岸を離れる。手すりにつかまり川岸に広がる森に見とれる。きれいだねえ、気持ちいいねえ。そんな言葉があちこちで漏れる。屋久島に生まれた人も、屋久島に住み着いた人も、屋久島を旅する人も、みんな、屋久島が大好きなのだ、そのことがお互いにわかる。三省さんも、屋久島が大好きだったのだ。その思いは皆と通じるものだ。人は自分の生まれ故郷のほかに、魂のふるさとをもつことがあるのだろう。多くの人は屋久島に住むことはなく、それぞれの故郷に帰って屋久島を思い暮す。住むも住まぬも、どちらも同じことかもしれない。

屋久島に住んで故郷を思うのも、故郷に住んで屋久島を思うのも。

思うことで、二つの場所は結ばれる。

春美さんが仕事を終えて駆けつけてくれた。三省さんが亡《な》くなってから、あまり外に出ることがなかったと言う。

「流れ船は初めて。誘っていただいて、良かった」

そう言ってもらえただけでありがたい。今日のこのすばらしい夕暮れは、天国の三省さんのプレゼントかも。

「ねえ、春美さん、私、気になっていることがあるんです」

焼酎《しょうちゅう》で少し酔っ払い、思い切って切り出せた。

「なんでしょう？」

「三省さんは、がんを宣告されてからも、たくさんの詩やエッセイを書かれますよね。私は特に最晩年に書かれたエッセイが好きなんです。なにかもう命のぎりぎりのところで、この世の幸福を描いていらっしゃる。三省さんの目には、この屋久島の風景、そして自分の愛《いと》しい人たちの様子が、すべて、極楽浄土の景色に見えたのだと思います。でも、三省さんは、自分ががんになったことを、これまでの自分の生き方、行いに原因がある、と、反省しているんです。なぜでしょう。三省さんのように、自然と共に生き、消費することをせず、まっすぐな生き方をしてきた人の、どこにそんな原因があるのでしょうか？」

春美さんは、ちょっと悲しそうにうつむいた。

「でもねえ、ランディさん。三省のような生き方は、すごくストレスの多い生き方だと思いませんか？」

「あ……」

それから、くすりと笑って内緒話のように呟《つぶや》いた。

「三省はね、消費者にはならないと言い、そりゃあもうお金を使うことが嫌いでね……。それでも人は暮していくわけですから……」

生活を共にされてきた春美さんの言葉だけに、現実を生きる苦味が滲《にじ》む。

「そうですね、主義に生きるって、とてもストレスが多いかもしれません。でも、だとしたら、私たちは、どうやって生きたらいいんだろう。時代に流されて気楽に生きればいいということでもない、かといって、無理をしてはいけない。生きるって難しいです」

「三省もずっと、そのことを考えていたんだと思います。たぶん、一生を通じて……」

空には一番星。
三省さんは、自分の星を決めていたという。私も私の星を定めてみようか、この屋久島の空の下で。
この島に、皆、自分の星を探しにくる。たぶんここは、そういう島なんだろう。

星を見て　つつしむ
星を浴びて　いのちを甦《よみがえ》らせる
星を定めて　死の時を待つ

星を見て　はなやぐ
星を浴びて　法《ダルマ》を浴びる
星を定めて　天にまじわる

星を見て　究極する
星を浴びて　地に還《かえ》る
星を定めて　星に還る

〈星〉

パズル遊び

精神世界と呼ばれるものに、私はいまだにとまどいを感じてしまう。ええっ？　なんで？　ランディさんはどっぷり精神世界の人じゃないですか、とよく言われるし、確かに私が表現するものは限りなく精神世界的であるのだけれど、それと私個人とはやはり別なのだ。

「私ねえ、言葉にしてうさん臭いものはやっぱり信じられない。だから、まず精神世界って単語がね、この音がね、好きじゃないの。だから信じられない」

「へえ、他にランディさんが信じられない言葉ってどんなのがあるんですか？」

「ソウルメイト、癒《いや》し、ヒーリング、全部だめ。内容的にじゃなくて、言葉の響きがすでにあまり好きじゃないんだなあ」

「難しいですねえ、じゃあ、逆に信じられる言葉は何ですか？」

「呪《のろ》い、生命、死、魂、このあたりは信じられる。言葉としてまだ生きている感じがする」

「僕には、どれも怪しい感じがしますけどね」

そう言って笑われてしまった。こういうのは思い入れの産物なのかもしれない。

十九歳のときに引っ越した先のアパートの隣室に、不思議な大学生が住んでいた。彼はその後の私の人生に多大な影響を与えた人で、哲学、心理学、宗教、民族学、精神世界に広範囲な知識をもっていた。私は彼の影響でヘーゲルを学び、ユングを知り、『指輪物語』を読み、神話の世界を知り、世界がどんな構造になっているのかを考えるようになった。曲がりなりにも文章など書いて暮らしているのも、彼と出会って読んだたくさんの本の影響が大きい。

彼の部屋には夜な夜な怪しい友人が集まって来て、徹夜で「世界の成り立ち」について議論を繰り返していた。私はそのなかに加わって、今の私の土台になることをすべて教えてもらったと思う。彼が隣に住んでいたのは一年間だったけれど、その一年がなかったら今の私は存在しなかっただろうと断言さえできる。世界は不思議で奇妙で面白くて、考えることが楽しくて、学ぶことが快感だった。思えばあの部屋が私にとって大学だったのだ。

あの一年を思い出すと、一年あれば人間は何でも学べるし、どうにでも変われるのだなあと妙に実感する。だけど、結局、その後二十年かけて私はその一年で生み出した疑問を解いていくことになった。

あれから、およそ二十年ぶりに、突然、隣の大学生だった彼から、メールが届いた。インターネットで私の事を知ったらしい。やっぱりすごいなあ、インターネットって。橘川幸夫《きつかわゆきお》さんが「インターネットは再会のためのメディアだ」って言ったけど、その通りだな、と思う。私たちは、この夏、二十年ぶりに会おうということになった。

さて、私は彼から影響を受けて今の自分があると思っていた。ところが彼のメールにも「あの一年は特別な一年だった」と書いてあった。そして「自分はあの夏を封印して二十年間教員として生きてきたような気がする」と書いてあるのだ。

不思議な気がした。彼はあの一年を封印してしまったという。私はあの一年のために二十年を生きてきたようにすら感じる。あの時、私たちはお互いに同じところに居たのに。

彼は友人達の間ではカリスマ的な存在で、どこか神秘的な雰囲気をもった人だった。

あらゆることをよく知っていて、手もちのパズルがたくさんあって、ほんのちょっとした偶然も、そのパズルに当てはめてなぞ解きをしてくれる。神話の世界であったり、ユングの象徴論であったり、妖精《ようせい》の世界であったり、ネタはなんでもよくて、何か現象が起こるとそれについて「それは……だよ」と新しい神話を作ってみせるのだ。

私たちは、彼が見せてくれるパズル合わせに熱狂した。自分に起こることはすべて意味があると信じ、自分は特別な存在で、特別な力を帯びてここに在ると思い始めていた。だって、彼がそんな風にあらゆる偶然、あらゆる出来事を「なにかの象徴」としてパズルにして見せてくれるから。

ところが、当の本人は翌年に大学を卒業すると、高校教師になって、彼が言うところの「封印」を行った。そして結婚して、ごくごく一般的な静かな生活を送るようになった。

問題なのは彼の友人達で、その後の彼の友人達の人生はちょっと大変そうだった。インドに行った人間が、帰国してぼーっとしてるような状態とでも言えばいいんだろうか。みんな就職に失敗した。自分たちが特別だと思っているし、パズルする遊びを覚えてしまっているので、なにかにつけて「パズル」をしたがる。

あらゆる偶然を自分のご都合主義の意味をつけてパズルする。それは楽しいけど、それに興じてしまうと本質を見失ってしまう。

このパズルという表現は、私が考えたわけじゃない。ごく最近、作家の友達がこの言葉を使ったのだ。彼女は先月まで、錯乱して精神病院に入院していた。その彼女が退院して来て、久しぶりに電話をくれたとき、彼女の口からパズルという言葉が飛び出したのだ。

錯乱状態にあった時、彼女は私に何度も電話をかけてきて「世界の成り立ち」について私に語り、たくさんの予言をして、そのいくつかは本当に当たっていた。猛烈な勢いでとどまることなくしゃべり続け、まったく無関係な二つの出来事を、言葉遊びや数字合わせで結びつけ、そこに隠された意味について語り続けた。

私はもしかしたら彼女が、沖縄のユタで言うところの「カミダーリ」の状態にあるのではないかと思ったほどだ。意識が変性し、なにかシャーマンとしての新しい力を獲得する過程なのではないか、と。

その彼女が今、安定を取り戻して、そして錯乱していた当時の自分を振り返れるようになったのだ。全部忘れてしまったのではないかと思っていたけれど、案外と自分が言った事は記憶しているようだった。そしてこう言ったのだ。

「パズルをしていた」と。

「私ね、パズルをしていたんだと思う。あの狂っていた時、ものすごくたくさんの考えが無数に広がって、それが頭の中でどんどんおもしろいように組み合わさっていくの。いくらでもパズルができた。でもね、それって自分が作品を書いている時に作品の中ではよく起こることなのよ。創作に没頭していると、頭がどんどん勝手にパズルを始めて物語を作っていく。それが普通の状態で起こって、しかもそれをセーブできない状態だったんだと思うよ。もったいないことをした。ああいうことは作品の上でやらなくちゃダメだよ」

電話で話していて、私はがく然とした。

目から鱗《うろこ》が落ちる思いだった。

パズルは作品の上でやらなくちゃだめだ、彼女は確かにそう言ったのだ。

真理だと思った。

彼女が発病し始めた時、知りあいのヒーラーに彼女のことを話したら、その人はいきなり「それは凄《すご》い事が起こっているかもしれない」と言って、その場で彼女に電話をし始めた。そして、その電話で「あなた、それはこういう意味ですよ、まさにそれはあの事ですよ」という風に、彼女の言葉を自分のパズルのなかに組み込み、新しいパズルを始めたのだ。

その時は彼女も興奮状態にあったので「ああそうでしょう、やっぱり、そうだと思った」と、さらにお互いがものすごい勢いで手持ちの札を出し合って、巨大な妄想世界パズルを作り上げていった。

その過程を見ながら、それは違う、絶対に違う、なにか違うと思っていたのだけれど、その場ではあまりにいろんなことを、いろんな風に符合させていくので、何か私の知らないすごい出来事が起こっているのかもしれない、本当に霊的な事が起こっているのかも知れないと、そう感じてしまう程だった。

その翌日に、彼女は意識不明の錯乱状態になって入院したのだけれど、そのような状態になってもなお「それは……のスピリッツが暴れているのだから、抱きしめてグランディングすれば良くなる」と言うニューエイジなヒーラーに、私は憎しみさえ覚えてしまった。

彼女が入院するまでの二日間。彼女の夫や彼女の友人、病院や警察との現実的な対応。家族のとまどいや悲しみ、錯乱した彼女を病院に運ぶまでの壮絶な格闘。その現実を生きるために、パズルは邪魔だった、彼女が組み合わせた無数のパズルは、現実の世界のなかでは周りを混乱させるだけで何の力も持っていなかった。

それでも、たった一人になって彼女のことを考え、彼女が作った無数のパズルを、少しずつ読み取っていこうとした時に、ようやく彼女が抱えていた苦しみの断片が、パズルから浮き上がってきた。それはまるでルネ・マグリットの隠し絵のようで、人間の心のもつイメージの力に圧倒されたのだった。

『コンセント』の読者という方たちから、私は時々メールをもらう。私の書いている文章が精神の事を扱っている場合が多いからだろうか、とても神秘的な内容のメールが来る。不思議に思うのだが、この『コンセント』の読者で、特に自分をシャーマンだと思っている方のメールというのは、似た傾向がある。それは「自分はわかっている」という妙な確信であり、「覚醒《かくせい》しつつある自分」への自信のようなものだ。

それらのメールを読んでいると、この本に書かれているさまざまなエピソードを、自分のパズルのピースとして使っているなあという印象を私はもつ。もちろん『コンセント』は市販している小説だし、それを読む読者がどのように小説を読もうと自由なのだけれど。

占いや、前世リーディングも一種のパズルだ。およそ精神世界に関わるものは、このパズルによって「何か」を導き出すものが多い。それがすべて無意味だとは思わない、それどころか私自身もこのパズル遊びが大好きなのだ。無関係に見えた何かと何かが符合していくとドキドキワクワクする。それが自分に関わることならなおさらうれしい。

パズルは直感力のゲームであり、確かに友人の言うように作品とはパズルの集大成だったりする。パズルを始めると、どんどんはまっていき、まるで偶然が偶然を呼んでいるような気分になってくる。一度始めると直感の回路が拓《ひら》かれるのか、物事を符合させる力が増幅されていくみたいなのだ。

それはなんというか、駄洒落《だじゃれ》を言い続けていると、駄洒落が出やすくなるのに似ている。

直感と、感情と、思考と、感覚。この兼ね合いのなかで、どのように生きていくのか……。そういえばこの四つを統合していくことが自己実現への道だとユング先生は言っていたけど、頭ではわかっているると思ったのに、やっと今ごろになって、それがいかに困難であるか、痛感し始めている。

かつてユングのタイプ論を勉強した時に、自分をタイプ分類したところ、私は外向感情型だった。そして、その自分のタイプに不満を感じて、自分はもっと直感的で、感覚的な人間になりたいと願った。そういうのがアーティストみたいでかっこいいと思ったからだ。

外向感情型の人間は人生を楽しみ比較的生きやすいと言われている。

鋭い直感力や、繊細な感覚を持ちあわせていなかった私には、ナイーブな人々の悩みや苦しみが理解できていなかった。自分にない性質だからこそ、そのような人々に興味を持ったのだろうと思う。私は昔から、犯罪者や、宗教に走る人、精神病者、超能力者、芸術家に、非常に興味をもっていた。

直感や感覚を特化させた時に心の全体像はバランスを失う。思考や感情に比べて直感や感覚が突出していると、他の部分に空白の仮想領域が出現する。その仮想領域を埋めるのがパズル、そんな感じがする。

『コンセント』という本には、この仮想領域を埋めるためのたくさんのピースが取りそろえられていて、読むことによって仮想部分が埋められて安定するのかもしれない。でも、それは「言葉」で埋めただけであって、現実ではないのだ。

二十年ぶりに会った私と彼は、もうパズル遊びはしなかった。

お酒を飲み、しみじみと昔話をして別れた。

あの遠い夏、熱狂したパズル遊びを、私はいま、確かに作品のなかでしているのかもしれない。

呪《のろ》いの言葉

「人を呪うのなんて簡単ですよ」

と、ある時飲んでいたら秋山眞人《まこと》さんが私の目をじっと見つめて言うのである。怖い。彼は超能力研究家という肩書きを持っているが、実は哲学博士であり、神道《しんとう》からフリーメイソンまで、この世の怪しいことには実に詳しい。聞けばなんでも教えてくれるし、どんな相談にでも乗ってくれる。アンダーグラウンドな幅広いネットワークを持ち、内緒の話だけれど本人も超能力があるらしい。その秋山さんが「呪い」について語ると、迫力がある。

「繰り返し、言葉に出せばいいんです。それで十分、効力があります」

なぜ「呪い」の話になっちゃったんだろう。そうだ、飲んでいてたまたま「丑《うし》の刻参り」の話題になったのだ。

「呪いのワラ人形グッズを、うちの田舎のオバさんたちがパートで作っているんですよ」

って私が言ったのだ。これは本当の話。

「あんなパートのオバさんが作ったワラ人形で、人が呪えるんでしょうかね？」

そしたら秋山さんが「できますよ」って真顔で頷《うなず》いた。

「ただし、呪い方があるんです」

私は唾《つば》を飲み込んだ。

「の、呪い方ですか？」

「そうです。人を呪うときは、喜んで呪わなければ効果がありません。ウキウキしながら、笑いながら呪うのです。そうすれば、呪いは通じます」

ぞっとした。心底ぞっとして、私はビールを飲み干した。

呪術《じゅじゅつ》というのは、誰でも使えるらしい。

使えるということをすっかり忘れているけれども、実は私たちは日常的に恐ろしい呪いをかけあっている。そしてかなり効果的なダメージを相手に与えているのである。

呪いというのは、口という字が入っている通り、口で行う。もともと呪いとは相手を縛ってがんじがらめにして、生気を奪い取ることなのだそうだ。いかにもおどろおどろしいが、こんなことは誰でもやっている。特に、男と女の間、親と子の間でよく見かける。

　そのような密《みつ》なあるいは蜜な関係になってこそ、人は呪うこともできるほどに他者を憎み愛するということなのだろう。

　呪いの特徴はまず「意味不明の反復」に始まる。

　呪いの言葉というのは明瞭《めいりょう》ではおかしい。相手を縛るためにはまず不明瞭であることが重要なのだ。よって人は呪いをかけるために、不明瞭な反復を行う。理解不能だ。なぜなら呪いは理解を嫌うからだ。理解されては呪いにならない。

「あなたのためだけを思ってるのよ」「なにが気に入らないのかはっきり言ってよ」「おまえ俺をナメてんのか」「お願いだから私のこともわかって」「俺はお前のことだけを思ってやってるんだ」などは典型的な意味不明の呪いの言葉だ。この言葉を繰り返されても、相手は答えることができない。相手の答えを封印しつつ、答えられない質問を繰り返すことで相手を呪いにかけていく。呪いの言葉をかけられた相手は、沈黙するしかない。答えは最初から封印されているのだ。

　相手に問い詰められて何も言えなくなる。この瞬間、すでに呪いが始まっている。

　そもそも、呪いの目的は相手を遠ざけるためではなくて、相手を縛るためなので、呪いを操る者は必ず相手の側にいる。呪いをかけている人は、相手を縛りながら実は自らをも縛るのだ。人を呪わば穴二つ、という通り、呪いは相互的なものである。しかし呪いを唱え続ければ、相手はいつしか生気をなくして、ひどいときは死んでしまうので、相手が死んだ時点で呪いをかけた者は自由になれる。

呪いは不思議な力をもっていて、どんなに遠くに逃れても障《さわ》ってくる。

呪いの呪縛は予想以上に長期にわたり、そして運命にすら影響を与える場合もある。「そんなことしてたらあんたはきっとダメになる」「うまくいかなかったら戻ってくればいい」「そういうことじゃ病気は治らないよ」「あんたは何をやってもダメな人ね」「おまえは男運が悪いな」「どうせ最後は失敗するに決まってる」「そんなことじゃ誰も友達になんかなってくれないわよ」「将来ロクなことはないね」

などは、かなり効果的な呪いの言葉だ。このような呪いは、よく親が子供にかけている。繰り返すうちにその力は強くなる。

ずいぶん昔、私も呪いをかけたことがあった。呪いをかけるとき、私はいつも相手を支配して思いのままに動かしていたいと思った。なぜそんなことを考えたのかわからない。そうすることで私のなかのなにかが満たされたのかもしれない。私はすごくさみしかったし、自分を無力に感じていた。だから、自分に好意を示す男のことは好きなように操って自分の力を確信したかった。そのために呪いをかけた。いま思うとあんな言葉がなぜ相手を縛る力を持っていたのかわからない。

だけどあの時代、あの場所において確かに言葉は力をもち、男は呪術にはまってたように思う。

「あなたは私のことが好きなのよ」と言い、「でも、あなたは私のことなんかわかってない」

と言った。

逆に、呪いにはまったこともたくさんあった。そういう時は、相手が繰り返す言葉がまったく理解不能で、ただただ自分がその言葉によってがんじがらめになっていった。「どうして、本当のことを言ってくれないの？」と私は叫ぶ。だけど私だって、呪いをかける時には決して本当のことなど言わなかった。なぜ自分も同じことをやっていながら自分が呪いにはまるとわからなくなるのか、それもまた呪いだからなのだろう。呪いは呪術なのだから、本当のことであるわけがない。あやかし、まやかしなのだ。

いったい人はなんで呪うのだろう。

人を呪うときは、自分が辛《つら》いときだ。自分が辛くもないときに人を呪う人間はめったにいない。いるかもしれないけれど出会ったことはない。辛いときに、同じように辛い人間に出会う。そして親和的な関係になる。だけど、なぜか知らないけど自分が辛いとき、辛い人間が側にいると自分がダメになるような錯覚に陥るタイプの奴《やつ》がいるようだ。たとえば私だ。

私は自分が辛いとき、どん底のとき、自分と同じような波長の人間と出会う。そして相手が自分に好意を持ってくると、相手を呪って自分は這《は》い上がろうとする。ものすごく嫌な奴だ。最低だ。

清く、貧しく、美しく、二人で力を合わせて生きていくのは嫌なのだ。問題はどれくらい相手が自分を必要としているかのその「思いの量」で関係が決定する。私より、相手が私を好きなようだと、私は呪う側になり意味不明の呪文を唱えて相手をがんじがらめにして翻弄《ほんろう》して、自分は上昇する。

その逆だと、相手の態度に翻弄されるうちに呪縛でがんじがらめになって混乱していく。もう相手しか見えなくなり、自分の気持ち以上に相手を必要だと錯覚してしまう。執着という呪縛にかけられる。なぜだろう、相手の執着が強ければ強いほど呪いをかけた方は気分がよくなる。

私は弱い。自分が辛いとき、人が私のために苦しむのを見るのが快感なほど弱い。そのように弱いからこそ、呪いにはまったり、呪いをかけたりしてしまうのだ。自分が辛いとき、なにもかも思い通りにならないと思っていたが、実はなに一つ思い通りにしてやろうなんて思っていない。辛いというのは「どうにもしてくれない」誰か、もしくはなにかへの恨み。すごい逆恨み。

逆恨みしているときが私の一番辛い時だった。誰かを頼っているからいつも満たされない。

誰かを頼っているからいつもさみしい。誰かを頼っているから、いつも自分じゃない。そういうとき、私を必要だという男は、みんな呪いの餌食《えじき》になった。私はむさぼってもむさぼっても、いつまでたっても得られない自分を探して発狂してたみたいなとこがあった。ああいうのが「若い」ってことだとしたら二度とごめんだ。

呪いは青年期の専売特許かと思っていたら、どうも違うってことに最近気がついた。相手に幻の言葉を与えて執着で相手を縛る。この手練手管に長《た》けた奴は、年をとってもこの呪いを使って不用意に他人をいじめる。母親になると、子供を発狂させるし、上司になると部下を自殺に追い込む。よくよく見るとそこら中にうようよいる。まったくこの世の中ときたら魑魅魍魎《ちみもうりよう》の世界だ。しかも年とった呪術使いはたちが悪い。狡猾《こうかつ》なのだ。

そいつらの呪いは、見事に相手の弱みに食い込み、ぐいぐいと相手を縛り上げてがんじがらめにしていく。いじめられながらバイトをやめられない男の子とか、いやいやながら上司の誘いに応じてしまうＯＬとか、どうしても妻に逆らえない夫とか、とにかくその場所、その状況に縛られて苦しんでいる人の後ろには呪術使いが隠れている。

かつて、自分に好意を持ってきた相手を縛り殺した経験から、呪いにはまった大人たちは好意なんかない相手でも呪う術を身につけている。

ああ、恐ろしい。そういう奴のところへは、私は絶対に寄りつかない。

うっかり呪いに触れると、目が曇る。

気分が落ち着かなくなって、ひどいときには事故にあったりする。

こうやって、人に障りながら、強力なたたり神になる呪術使いもいるそうだ。

呪術と「LET IT BE」

トークショーのイベント会場で久しぶりに不愉快な女性と出会った。

その女性は突然、つつつと私の前に立って握手を求めてきた。

込み合った会場は、観客でごったがえしており、そろそろビルが閉まるので早く帰るようにと係員が怒鳴っていた。もみくちゃにされながら、私はいろんな人の手を求められるままに握っていた。

女性はそのなかの一人だった。

彼女は、無表情にひどく真面目《まじめ》くさって、私の手を握ると、まるで宣教師のような威厳をもって私の顔を見つめてこう言ったのだ。

「あせらないで」

そして、「ふん」と鼻で息をもらすと、私の手をぎゅっと握ってからパッと手を放した。

私は何のことかわからずに茫然《ぼうぜん》として彼女の顔を見た。

年の頃は二十五、六ではないだろうか。

彼女は二度と私を見ず、おもむろに足下に置いてあった鞄《かばん》を持ち上げ、悠然と胸を張るように私の前から立ち去った。「あせらないで」という意味不明の言葉を残し、それ以外は一言もしゃべらず、偉そうにのっしのっしと立ち去って行ったのだ。

残された私は、三秒ほどしてから、猛然と腹が立って来た。

その傲慢《ごうまん》な態度、あまりにも独善的な態度に……である。いったい何を言いたかったのだあのクソ女は！　と思った。そのときの私の感情は怒りを通り越して憎しみに近いものだった。

コミュニケーションというものを拒否されて、一方的に相手の思い込みに愚弄《ぐろう》された。彼女が私という人間の事情などまったくおかまいなく、自分の言いたいことだけ言って去って行ったあの態度、颯爽《さっそう》と気持ちよさげに立ち去っていくその無神経さに殺意を覚えたのだ。

ちくしょう。このような独善さに、私はなすすべもない。

ただもう思い出すと腹立たしく、なぜ、呼び止めて「ふざけんじゃねえバカ野郎」と言うことができなかったのか、そればかり悔やんでいた。一言なにか言ってやるべきだった。

しかし、できなかった。

くそう、もし次に来たときは絶対にあいつに一言言ってヤル。

私は彼女を探し始めた。

自分で似顔絵を書いて、手配書を回した。そしてスタッフにも「こんな女が来たら私に教えて」とおふれを出した。

すると次のイベントのとき、スタッフが「ランディさん、似てる人がいますよ」と言う。

「え、まじ？」

スタッフは私の手を引っ張って開演前の会場に連れていく。

「もしかして、あの人じゃないですか？」

「おおっ、そうだよ、間違いないよ」

私の似顔絵もまんざらでもないらしい。私はアイツを見つけた。

「ねねね、あの人を見張ってて。トークショーが終わっても見失わないで。帰ろうとしたら引き止めておいてね」

スタッフにそう念を押して、私は楽屋に戻る。

そして、ハタと思った。

しかし、なんで私はこんなに執念深くあの女にこだわっているんだ？　と。

イベントも終わって、私はもう着替えもそこそこにアイツを探した。頼んだ通り、スタッフが通路に引き止めている。近寄って行って「ちょっと来て」と彼女を引っ張って楽屋裏に連れていった。

相手はさすがにおびえているみたいだった。それでも、相変わらず胸を張って、姿勢だけはふんぞり返っている。

「このまえのとき、来てくれたよね」

ハイ、と女は返事をする。

「私と握手したの覚えてる？」

ハイ、覚えてますよ、と言った。この「よ」がなんだか小憎らしい。

「あんとき、あせらないで、って言ったよね」

ハイ、言いました。

「どういう意味？」

女は「はあ？」と顔をしかめて聞き返す。

「ああいう言い方されて、私が嬉《うれ》しいと思う？」

意味がわからない、という顔をする。

「自分の一方的な思い込みを私に押し付けて、あんたはそれでいいだろうけど、私はどれくらい気分が悪かったかわかる？」

話が聞こえているのかどうか、反応はなく無表情だった。

「ランディさんを傷つけて、気分を悪くさせたのなら謝ります」

ようやく、そう答えた。なんで怒ってんのこの人、って感じだった。

「あのさ、あなたは自分はいいことしたと思ってるわけ？」

少し考えて、女は「ハイ」と言った。臆面《おくめん》もなく。

「もうっ。どうしてそんなに自分勝手なの？」

それでも相手は無表情だった。しらっとしているという感じ。下目使いにいつも人を見ている感じ。私はなにかもうこのままではこの人をなぐってしまうかもしれないと思い「引き止めてごめん、もういいわ」と、立ち上がり背を向けた。

すると、女は私の背中に向かってまた言ったのだ。

「あせらないで」

私は金縛りにあった。

振り向くと、女の悠然と去っていく後ろ姿が見えた。

ちくしょうちくしょうちくしょう、あの女いつか殺してやる。

私はそう思った。真剣にそう思った。

そして、怒りにまかせて隣の楽屋に入っていくと、そこに秋山眞人《まこと》さんが来ていたのである。

彼は、私の友人で古代史、古神道《しんとう》、道教などの研究家でもある。

秋山氏は私の顔を見るなり「どうしました？」と言った。やはりただならぬ雰囲気を感じたのだろう。

「もう、まいりました」

私はヒステリックに怒鳴る。秋山さんは私のことをなだめながら、まあまあ何があったか説明してくださいよ、と言う。その穏やかな口ぶりに私もちょっと気分が落ち着き、前回のトークショーであの女に会い、それ以来、彼女の一言が気になって気になってたまらない、ついに今回、見つけ出して文句を言ったら逆にまた刺激されてしまったことを話したのだ。

「もう、なさけないよ、あたし」

キーとハンカチを嚙《か》む私に、秋山さんは言った。

「はまりましたね」

「え?」

「術にはまったんですよ」

「私がですか?」

「そういう顔をしてます」

そう言って、彼は中指と人さし指で奇妙な印を結ぶと、私の頭の上で呪文を唱えて空《くう》を切った。そして、ぴんっと、額を指で押した。

「正気にもどんなさい」

そう言われたとたんに、ふっと気分が軽くなった。

「私、どうしてたんですか?」

「呪術にはまってたんですよ、すごい殺気だった」

私はなんだか夢から覚めたような気分だ。

「どうしてたんだろう、私。知らない女が来て、ものすごく独善的なことを言うものだから、頭に血が上ってしまったんだよなあ」

さもありなん、と秋山さんは腕を組む。

「たまにいるんですよ、そういうのが」

「そういうのって？」

「無自覚な魔女だ。たちが悪い呪術使いさ」

まさか、アイツが、そんなすごいもんなの？

「本当ですか？　現代にいるの？」

「時代は関係ない。言葉があればそこに呪術も存在する。言葉の力なんだ。呪術は」

やられたらしい。私は完全にあいつの呪術にはまっていたんだ。しかし、なぜ？

「目的は何ですか？」

「そんなものないですよ。無自覚でやってるから。でも気をつけなさい、いたるところにいる。そしてトラブルのもととなる。術をかけられた人間は、そのまま殺人鬼になったりする。ランディさんも人を殺しそうな勢いだったですよ」

そう言って秋山さんはふふふと笑う。

そうか……。私、はめられたのか。

「どんな術をかけられました？」

どんな術って……。

「あせらないで……って、言われてカッとなって」

考えたら、どうでもいい言葉だ「あせらないで」。いったい私はなんで腹を立てていたのだろう。

「じゃあ、それが呪文だ。解けてよかったよ。たとえば、全く別の場面、次に別の機会に誰かが同じ言葉を使う。するとスイッチが入る。あんたは意味もなく逆上して、それがトラブルのもととなる。気をつけなさいよ」

「もしかして、じゃあ、ときどきひどく単純な理由で人が人を殺すのも、もしかして術にはまっていると？」

「可能性はありますね。身近なところに呪術師がいると言葉にがんじがらめにされてしまう。赤の他人ならいいが、それが親だったり、教師だったりすると逃れられないからなあ。ランディさんみたいな言葉に敏感な奴《やつ》でも、簡単にハマるでしょう？　呪術というのは、思いの外、強力なんですよ」

そうなのかあ、そうなのかあ。ああ、恐ろしい。危ないところだった。私は思わず胸をなでおろし「秋山さーん、ありがとう」とひげ面《づら》に抱きついた。こういうとき秋山さんはものすごく迷惑そうに「まあまあ」と言う。

「でも、もし術にはめられちゃって、今日みたいに秋山さんがいないときは、私はいったいどうしたらいいの？　一人で術を解く方法ってあるの？」

今後のためにどうしても聞いておかねば、と私は彼の眼を見つめる。

「言葉には言葉なんですよ。解除のキーワードは自分が一番信じていることを言えばいい。それも声に出してね。術にハマッたな、と感じたら、自分が最も信じている言葉を繰り返せばいいんです」

「えー、自分が一番信じてる言葉なんて、わからないよ」

「今、思いついた言葉です、考えるより先に思いついた言葉がそれです」

瞬間、思いついた言葉。

私は、言われた通り、声に出してつぶやいた。


「LET IT BE, LET IT BE, LET IT BE, LET IT BE」


秋山さんは笑った。

だって、頭の中でふいにビートルズが歌い出したんだもの。このフレーズがリフレインされちゃったんだもの。

「LET IT BEか、いいですね。ジョン・レノンもきっと呪術と闘っていたんだろうなあ」

秋山さんはそう言って「LET IT BE」を口ずさんだ。私もいっしょに口ずさんだ。

すると確かに、世界は親密さを取り戻して優しくなった。
あるがままに、あるがままに。
もう大丈夫、呪術なんかに負けるもんか。

私たちは、出会えるのだろうか？

青山学院高等部の一般入試の英語の問題のなかに、不適切な表現があった……というニュースを知ったのは、二〇〇五年の六月だった。いつものようにインターネットで新着ニュースを読んでいると、アクセスランキングのトップにその記事が掲載されていたのだ。

不適切とされた英語問題は長文読解であり、問題の文章は「修学旅行で沖縄を訪れた学生が、ひめゆり学徒隊だった女性の証言を聞くが、証言が退屈で、防空壕《ごう》を見て感じた強い印象が薄れてしまった」というような内容であり、「なぜ退屈だと思ったか？」という問題の正解として「彼女の話し方が気に入らなかったから」という答えが用意されていた……と、ニュースは報じていた。

その後、多くのブログでもこの英語の問題が話題になり、しばらくして原文の問題を読む機会も得た。《彼女がその話をいろいろな機会に話しており、とても上手になっているのがわかった》というのが問題になった英文の和訳だ。全体を通して読むと、ニュースで取りざたされたほどにこの英語長文が問題だとは思えなかった。どちらかといえば、戦争の問題を正面から問題提起していて、今日的な問いに思えた。もちろん、証言者である方々には複雑な思いがあるのだろうし、当事者にしか計り知れない苦悩があるのだろう。その点について、部外者である私にはなにも言えない。言葉がない。

二〇〇二年に沖縄に行った。

共同通信で連載していた記事の取材のためだった。沖縄戦の慰霊祭に参加して、ひめゆりの塔も見学した。

ひめゆりの塔に向かいながら、同行した新聞記者の男性が「証言者の問題もいろいろあるんですよ」と私に言っていた。

「なんですか、問題って?」

「つまりですね、あるジャーナリストが指摘してるんですが、けっきょく証言者の証言が、なんかこう予定調和的なイベントになってしまっていて、訴えてくるものがない……と。これが証言なのか……と。広島でも、沖縄でも、証言者の証言にリアリテイがなくなっている……と」

私はそれまで戦争や被爆を体験されたいわゆる「語り部」の方達の証言を聞いたことがなかったので、どういう感じなのかよくわからなかった。だけど、悲惨な体験を他人に繰り返し語り続けることは、それはもう辛《つら》い仕事であり、そうそう、感情移入していたら自分の心身がもたないだろうと思った。だから、ある程度、形式化して語るのは身を守るために仕方ないことだろうな、と思って聞いた。

ひめゆりの塔で、偶然にも証言者の宮良ルリさんにお会いした。小さなかわいらしい女性だった。防空壕の前で初めて彼女の証言を聞いた。聞いてみると、ある一定の語り調子のようなものがある。感情を抑制して淡々としゃべるために、このような「型」ができたのだろう。

確かにそれは一本調子に聞こえた。まるでつらつらと自分が丸暗記していることをただしゃべっているように聞こえなくもない。それで、途中まで聞いて、立ち去ってしまう観光客の方も多かった。

証言が、防空壕に爆弾が投げ込まれたところまで進んだ。真っ暗な壕の中で意識を失った宮良さんが、奇跡的に息を吹き返すあたりになったとき、急に宮良さんの声の調子が変わったように感じた。かすかに声が乱れている。

狭い壕の中にはたくさんの友達がいた。先生もいた。みんなで励まし合って生き抜いてきた。それなのに、宮良さんが目覚めた時、ほとんどの人が息絶え、腐って、体から蛆《うじ》がわいていた。彼女はその地獄のような光景のなかで目を覚まし、絶望し、自分が生き返ったことを嘆き、苦しむのだった。

その瞬間、宮良さんは年配のご婦人ではなく、十八歳の少女に戻っていた。恐怖と絶望で生きる気力を失った、あの瞬間の少女が宮良さんの内面に蘇《よみがえ》り、当時のままの魂が肉体を突き破って私のところまで届いた気がした。それでもその少女の自分を押さえ込み、証言者としてなんとか冷静を保って話そうという、そういう激しい葛藤《かっとう》が、宮良さんの小さな体にものすごい緊張を生みだしているのがわかった。

その恐ろしいまでの緊張が私に伝わり、胸のあたりをぎゅうっと握りつぶされているような苦しさを感じた。私には目の前にいる宮良さんが、こんなに若いのにおびえて、苦しんで、辛い目にあって、あまりにもけなげで、どうしていいかわからなくなって、思わず抱きしめてしまったのだ。私よりもずっと年上の方なのに、その瞬間だけ私には少女にしか見えなくて、あまりに傷ついて、嘆いているので、ただもう自分の子供のように抱きしめたくなってしまったのだった。

二人で少しの間、抱き合って泣いてしまったのだが……。あの体験は忘れ難い。もし、最初の部分だけしか聞かずに立ち去っていたら、私も退屈と思ってしまったかもしれない。口には出さなくても、そう思ったかもしれない。

あるいは、私がまだ若くて、子供も産んでいなくて、兄や母を失ってもいなかったら……。もしかしたら、あの、宮良さんのなかに生きている十八歳の少女の嘆きには、気づかなかったかもしれない。現実の宮良さんには理性があり、自分を押さえる術《すべ》を知っている。とても冷静に辛い体験を語っていた。声の震えに気づかせないような、そういう一定の調子が「型」にはある。

だが、宮良ルリさんとお別れして、一人になったとき、私はひどく茫漠《ぼうばく》とした気持ちになった。宮良さんに共鳴して泣いてしまった自分の感情のおさめどころがなくなってしまったのだ。泣いたからなんだというのだ。これは私の単なる同情、エセセンチメンタリズムじゃないか。そう思えた。抱き合って泣くという行為が、とてもおためごかしの、恥ずかしいことのように感じられて、自分を責めていた。

なぜなら、私はもう次の瞬間には戦争のことも、宮良さんのことも忘れることができるのだ。そういう存在としての自分が、いったい宮良さんの、なにに立ち合えるというのだろうか。何事もなかったかのように沖縄を見物して歩いて、そして、たぶん東京に帰って忘れるのだ。そう思ったら、自分の立つ場所がまるでわからなくなった。

英語の問題の事件について考えているうちに、「証言者」という方たちに、もっとお会いしてみたいと思うようになり広島に出かけた。そして被爆した「語り部」の方たちにも「証言」をお聞きした。確かに「型」があるのだ。

広島では、被爆体験を聞いている修学旅行生達が居眠りをしているのを見た。先生方が眠っている生徒たちを起こして歩いていた。生徒よりも先生方の方が恐縮しており、気まずそうだった。生徒たちも、寝たくて眠っているわけではないのだろう。旅の疲れも出て、薄暗い空調のきいたホールのなかでつい眠気が襲って来てしまうのだ。

こんな悲惨な苦しみに満ちた話を聞きながら、なぜ眠くなるのだ、という人もいるだろうけれど、人という存在は本当に不思議なのだ。ほんのちょっとのきっかけさえあれば、心を通わすことができる反面、相手をものの見事に完全にシャットアウトすることもできてしまう。どちらも人間なのだ。なんの矛盾もなく人間とはそういう存在なのだと思う。それが凄《すご》い。

眠りこけている子供たちを見ながら、私はふと「これはこの子たちの自己防衛手段ではないだろうか?」などと思った。いきなりストレートに壮絶な被爆体験を受け止めてしまったら心がぶっ壊れてしまう。だから防衛しているのではないか……と。もし、証言を聞かせるのなら、大人の側に準備が必要なのだ。単に聞かせるのではなく、その話を鋭敏な感受性でもって受け止めても彼らが壊れないように、自分の内面へと呑《の》み込んでいけるように、工夫が必要なのだ。そう思った。

相手と分かち合い、仲間と分かち合い、考えを深めていくだけの時間と、それからもっと近い距離が必要なのだと思った。ただ、大急ぎで話を聞いて次の見学場所へ向かっていくのではなく、もっとゆったりとした時間と空間を設定してあげない限り、いきなり辛い体験を聞かされても子供たちには消化できないだろう。

なぜなら、私ですら沖縄で体験を聞いて泣いた後に落ち込んだのだ。

体験者と共感した感情のおさまりどころがない……。辛い体験を聞いたのち、自分がどうしていいのかわからない。四十を過ぎた私ですら、そうなのだから。

私のブログを読んで、朝日新聞西日本支社の記者が取材を申し込んできた。

「証言の問題を記事にしようとしている」とのこと。お話をさせていただいたら、次のような記事として掲載された。

問題が発覚した直後、長崎市の被爆語《かた》り部《べ》、山脇佳朗さん（71）のもとに一通の封書が届いた。「語り部の方の心を傷つけてしまった。申し訳ない」とつづられていた。

差出人は同校の旧知の男性教諭。山脇さんは〇一年から同校の修学旅行生に被爆体験を語り、男性教諭と手紙やメールで交流してきた。男性教諭は「そんな出題があったことを初めて知ってショックだった」と記していた。

八月、山脇さんは問題の全文訳を読んだ。

《彼女がその話をあまりにも多くの機会に、繰り返し話したので、とても上手に話すようになっているのがわかった》

その一文が印象に残った。ベテランの語り部の話し方を「テープレコーダーのようだ」とひそかに感じた経験がある。今は同じ語り部の自分にも、「退屈」とした理由がわかる気がした。

語り部になった直後の九五年、生徒の前で絶句した。父は爆心地から五〇〇メートルの工場で被爆死。遺体を木ぎれで荼毘《だび》に付した。語り始めると、十分に焼けきれず、灰にまみれた泥人形のような父の姿がよみがえった。

絶句を何度か繰り返すうち、絶句せずに語る方法を覚えた。聞き手に視線を合わせず、覚えた通りに一気に話す。胸がいっぱいにならないための「予防線」だった。

体験を聞いた子から「感動した」と感想文をよくもらう。だが、それに満足するのは「甘えではないか」と自問する。

「核を廃絶すべきだ」「平和の大切さを知った」。紋切り型の感想文が圧倒的に多い。聞き手に深く考えさせる環境を大人が作ってほしいと感じることは多い。だが、それと同じように、被爆者も体験の伝え方を議論しあわなければ、受け手との溝は深まるばかりではないのか。

「大切な警鐘を鳴らしてくれたと思っています」。手紙をくれた男性教諭に返事を書いた。

一連の問題にネット上で反応した人がいる。作家の田口ランディさん（45）だ。事態を知って四日後の六月一四日、ブログに書き込んだ。
《退屈だったという感想は多分間違いではない。退屈に感じたのなら、なぜそう感じたのかについて考えてみる。学校に教えて欲しいのはそういう学び方だ》
そう思わせる自身の体験がある。沖縄の戦跡を巡る通信社の企画で〇二年夏、ひめゆり平和祈念資料館を初めて訪れた。約百人が死亡したガマ（自然洞穴）の再現地で、生存者の女性が米軍のガス弾攻撃の様子を説明していた。四、五人の観光客は数分後には立ち去っていく。「一本調子だな」と感じた。だが、異変が起きた。意識を取り戻して友人たちの遺体が転がっていることに気づく場面で、語る女性の息づかいが乱れたのだ。「この人は、思い出すのもつらい話をしているんだ」。いつのまにか女性のもとに駆け寄り、抱きしめた。女性は「私の話をそこまで感じてくれてありがとう」と泣いた。

いま、原爆や核兵器がテーマの五部作の小説を書いている。最新号の「文學界」に発表した二作目の「時の川」は、修学旅行で来た男子中学生が広島平和記念資料館で語り部の老女と出会うストーリー。被爆体験が伝わりにくい現状に迷う老女は「どうして言葉はこんなにも未熟な道具なのだろう」と悩む。だが、少年は老女の話に「何か」を感じていた。でも、それをうまく言葉に出来ない。二人はお互いの思いを表現できないまま、別れていく——。

作品に「どうすれば伝わるのか」の明確な回答は書いていない。田口さんは言う。「私自身、人の話をどこまで理解しているのか不安。でも、その不安があるから、さらに聞こうとする」。そして、続けた。「肌の感覚を理解し合いながら、

「一人一人がつながっていくしかないのではないでしょうか」

記事の中にもあるとおり「証言者」について考えながら、私は「時の川」という短編小説を書いていた。

広島の被爆者の婦人と、修学旅行の中学生が記念公園で出会い、別れる。それだけの作品だ。中学生は小児がんを患い闘病した経験がある。父親もがんで亡くしている。がんの遺伝子をもつ体の弱い自分を「弱者」として認識している。そして、たぶん自分が被爆したら絶対に生き残れないだろうと思う。

少年は、被爆してなお八十歳まで生き、しかも力強く平和を訴える被爆者の婦人に羨望《せんぼう》すら感じるのだ。「この人は選ばれた強い人間なのだ」と……。

少年と婦人はまったく理解しあえない。違う時空間を生きているかのように。二人は一瞬だけ出会い、そして別れる。たぶん永遠に。

では、私はなぜ彼らを出会わせたかったのだろうか。

物語の中で、私はなにをしたかったのだろうか。この短編のなかで私はなに一つ「証言者」の役割を描けなかった。そのことに自分でも情けなく思った。この小説を読んだら、証言者の方達はがっかりするかもしれない。怒るかもしれないと思った。

朝日新聞の記事を読んで、長崎の被爆者、山脇さんにお会いしたいと思った。山脇さんは被爆体験を語ることを、どう自分に課しているのだろう……と、聞いてみたくなったのだ。

長崎のホテルでお会いした山脇さんは、私に会う前に私の本をほとんど読んできてくれた。そしてその感想まで事前に送ってくださった。誠実な方なのだと心打たれた。山脇さんの語る戦争体験は壮絶だった。宮良さんと同じように、とても現実とは思えない恐ろしく過酷なものだった。この穏やかで優しい人たちが、なぜそんな目に遭わなければいけないのだろうと、改めて理不尽さを感じるも、私はその体験の凄さについていけない。どうしていいのかわからない。

怒っても、嘆いても、苦しんでも、しょせんは他人事《ひとごと》であり、私は痛くも痒《かゆ》くもないのだ。私の体験ではない。それはもうどうしようもない事実。

私に聞く権利があるのか？

初めて、自分にそう問いかけた。

被爆者が体験を「語る」ということが、誰かのため、社会のため、世界のため、平和のためにではなくてもいいじゃないか……と思ったのだ。そんなことのために働く必要はないではないか……と。ただ自分のためだけに、語りたいときに語ればそれでいいのだと。なぜ私は、被爆したり、障害を負ったりした方々に必要以上に「社会のために貢献してください」「あなたの体験をみんなに分けてください」と望んでしまうのだろうか。そう思った。普通ではない経験をしている人たちから、まるで当然のようにそれをくださいと言ってしまう傲慢さが私にあるのだ。

人生においてどのような希有《けう》な体験をしようが、その体験は個人のものだ。社会のために共有化する必要などないのだ。もし共有化したいのなら、それは傷を受けていないこちらの勝手な都合なのだから、首を垂れて、ただじっと聞くのだ。教えてくださいとお願いして、許されたら聞くのだ。まるで戦争体験は共有化するために話すことがあたりまえのように、彼らから思い出をひったくり、奪い、大量消費することをやめなければいけない。そう思った。どうして、被爆者が体験を語ることが「当然のこと」のように感じていたのだろう。

語り部……という言葉に、騙《だま》されていたような気分になった。

そこにいるのは、被爆者でも語り部でもない。宮良さんであり、山脇さん。そうなんだ。その人たちの人生を聞いているのだ。社会的なこととは関係ない。個人の人生。誰も責任も取れないし、私は無力だ。どうしようもない。

でも、私たちはいまこうして生きて出会っている。
その事実だけでいいのだ。いま生きている。
この時代を生き抜こうとしている、あなたと私がいる。

あとがき――根をもつこと、翼をもつこと

二〇〇〇年から二〇〇一年にかけての二年間は私にとってとても特別な年だった。それまで全く興味をもったこともなかった題材と、なぜか向き合うことになったからだ。

ひとつが、広島であり、もう一つがカンボジアだった。

どちらも、絶対に、自分とは生涯無関係だろうと思ってきた場所で、ほんとうに自分でもびっくりしてしまった。

広島には五回通って、ただひたすらぼう然と過ごした。何をするでもなく街を散歩して、原爆ドームの前に座り川を眺めた。取材らしい取材をすることもなく、いつもデレデレとしている。それだけなのに、私の広島に対するイメージはどんどん変わっていき、一年前と今とでは考えていることがまるで違う。

ああ、考えとはこんなにも変わるものなのか、と、実感してしまい、書き続けるこ

とが少し怖くなったほどだ。それでも、私は自分の心境の変化する様を体験するのが楽しかった。書くという行為を連続的に行っているから、このように自分の考えが変わっていくことが見えるのだ。新しい発見だった。

逆を言えば、私は変わることができる。まだ、変わることができる。変わり続けることができる。

私が変わる限り、私に訪れる怒りも憎しみも苦しみも永遠ではない。もちろん、それと同じ確率で愛も喜びも永遠ではないのだけれど。

この二年の間に、いろんな場所をめぐるめくように旅した。

そして、たくさんの人と出会った。

戦争によって故郷を失った人もいた。肉体的な損傷を受けた人もいた。民族的迫害を受けた人、科学の暴力に曝《さら》された人、家族を失った人もいた。私財を投じて他者を生かそうとしている人、失われたものを取り戻そうとしている人、共に他者の苦しみと歩こうとしている人もいた。

それらの人たちの言葉に、私は魅了され、聴き入った。

言葉の果てにぼんやりと感じたことがあった。それがこの本のタイトルにもなった「根をもつこと、翼をもつこと」だった。

根をもつことと、翼をもつことは、まったく正反対の事のように思われるかもしれないけれど、私にとってこの二つは同じことだ。

もっと厳密に言うなら、私たちは「根」と「翼」の両方を、もうすでにあらかじめ持っているのだ。そのことを忘れがちだけれど、誰もがこの両方を持っている。生きとし生けるすべての人が持っている。

根とはルーツだ。

ルーツのない人間はいない。誰もが誰かの子供であり、親にはその親がいて、またその親がいて……延々と過去へと繫《つな》がっている。

翼とは意識だ。

飛翔《ひしょう》し、想像する力。イメージし、自由に夢想する力。

根をもつこと、翼をもつこと。

そのことを思い出し、それに支えられるなら、人はどのような環境においてもこの世界にしっかりと関与して生きていける。

たとえ私が限りなく変わり続けようとも、根があるから戻ってこられる。

たとえ私がある場所に縛りつけられても、翼があれば自由だ。

それにしても、なんで二〇世紀に、私は自分のルーツや意識について、こんなに無自覚に生きてこられたのだろう。

自分がここに存在していることの奇跡のような意味も、自分が自分という意識をもって生まれたことの意味も、考えてもわかるはずのないこととして隠蔽《いんぺい》してきた。

わかりえないことについて、考えることを止《や》めてしまっていた。

いま、根をもつことと、翼をもつことについて改めて考え始めている。

わかりえないことの意味を探っている。

まるで禅問答のようだけれど、存在の背後の意味について考えることが、二一世紀の私の最初のテーマになりつつある。

あらゆるもののなかに入っていきたい。そして、じっと見つめたい。

二〇〇一年九月一八日　田口ランディ

文庫版あとがき

文庫化にあたって、七本の原稿を追加しました。

この本を出版した二〇〇一年当時と、二〇〇六年の現在とではいくぶん感じ方や考え方が変わってきているので、少し現在の原稿も加えておきたかったのです。

いまだに原爆や、核、公害、犯罪、死の問題……、にこだわっています。

あんまりいっしょうけんめいではなく、真面目《まじめ》でもなく、それでもこだわり続けてみることにしました。がんばらない、あきらめない、わかったことにしない。それを呪文《じゅもん》のように呟《つぶや》きながら、だらだらとこだわっています。こだわっていると、矛盾や疑問が出てきます。答えを出そうと思わずに、矛盾や疑問を書くことにしました。うんざりするほど世界は複雑で、ときどきいやになります。真剣になると、この複雑さに負けてしまうので、がんばらない、あきらめない、わかったことにしない。そうやってしっぽをまいて、だらだら考えることにしました。

大きな声は苦手です。叩《たた》かれればへこみます。周りの視線は気になるし、自分に自信はありません。不満はいっぱいで、世の中に対してイライラします。ニュースを聞くと不安になって、そしてすぐ忘れています。日々の生活に追われています。まず自分のこと、そして家族のこと。それから世の中のこと。相変わらず、そんな自分です。

でも、こだわっていることで、感じ方が変わってきました。

私はいま、以前よりずっと希望をもっています。

まるで世の中はどんどん悪くなっているかのごとく報道されるけれど、そうでもないと思えるようになりました。

ほんとうにすばらしいことは、隠されていることが多いです。悪いことの背後にもよいことがあります。よいことは悪いことよりも複雑で、つかまえにくいのです。いっしょうけんめいになりすぎると見えなくなります。よいことは見過ごされがちです。よいことは、悪いことよりもとるにたらないのです。

それはきっと、よいことは、人間にとってあたりまえだからです。

二〇〇六年四月二八日　田口ランディ

解説

森　達也

初めて田口ランディに会ったのは一九九七年の年末。場所は池袋。彼女のエッセイにも頻繁に登場する「超能力者」秋山眞人《まこと》の事務所だった。

当時の僕は初めての映画作品『A』の劇場公開を控えながら、テレビ復帰の第一作である『職業欄はエスパー』を撮影していた。被写体は三人。スプーン曲げの清田益章《ますあき》、ダウジングの堤裕司、そして秋山眞人だ。

その秋山の事務所で開催された忘年会の宴席には、彼ら三人と、他の複数の超能力者、そして彼らの友人たちが集っていた。

と、ここまで書けば、彼女のそのときの印象を書くべきなのだが、実は印象はまったくない。会話もしなかったと思う。二度目に会ったのは、やはり秋山が主催するパーティの場だったはずだ。そのときに初めて名刺交換をした。「私も、あの忘年会の場にいたんです」と言われ、「ああ、そうですか」とでも僕は答えたのだろう。

その後、何かの機会があって、『職業欄はエスパー』のＶＴＲを見直した。椅子《いす》やテーブルを取っ払った事務所の床に、三人の超能力者を中心にして、二十人ほどが車座になって座っている。手にはビールやワイン。酔いが回った気配の清田益章が、メディアと大衆社会が超能力に代表されるオカルトに対して抱く無自覚な反発や嫌悪《けんお》について、「無理に抗《あらが》うことはないんだ」といった趣旨のことを、珍しく生真面目に喋《しゃべ》っている。かなり長いコメントだ。その最中に、じっと話に聞き入る彼女の横顔のショットを、一瞬だけ確認した。

　これをインサートという。日本語にすれば挿入。撮った素材の中から選んだショットを、実際の時系列は無視して、別のシーンに滑り込ませる手法だ。

　当時の僕は徹底して無名だった。そしてこの時期には紀行エッセイ『忘れないよ！ヴェトナム』（ダイヤモンド社）は既に出版されていたはずだけど、田口ランディもやっぱり（決め付けて申しわけないけれど）無名だった。

　ところがその後彼女は、あっというまに有名になる。当時の通称は「インターネットの女王」。『Ａ』の劇場公開を終えた僕はテレビで『放送禁止歌』を作り、さらに依頼に応じるかたちで細々と執筆も始めていたけれど、まあ要するに鳴かず飛ばず。焦燥の日々を過ごしていた。

彼女の上昇は凄《すさ》まじかった。二〇〇〇年には初めての長編小説『コンセント』（幻冬舎）を発表し、ベストセラーを記録する。僕もこの翌年に『A2』を発表するけれど、動員は前作である『A』と同様に低迷し、オウム擁護の映画監督などとレッテルまで貼《は》られ、鬱屈《うっくつ》していた時期でもある。あまりの不入りに、当初予定していた『A3』の撮影をあきらめた僕は、片手間ではなく本格的に執筆を開始する。

……とまあ、二人のこれまでの軌跡を早足で振り返ったけれど、それ自体にはあまり意味はない。僕がこの解説でまず記述したいのは、そもそもの出会いとなった忘年会のシーンを編集する際に、僕は彼女の横顔のショットを、インサートしたということなのだ。

もちろんこの時点で僕は彼女の人となりを知らない。文章も読んでいない。でも（偶然にせよ）、とても象徴的だと僕は思う。

なぜなら田口ランディは、インサートの作家なのだ。

映像作品は音と映像によって構成される。ところがこの二つの要素は、必ずしもペアではない。編集作業の基本は撮影素材の順列組み合わせだけど、その際に映像と音を切り離し、この細分化された膨大なパズルのピースをもう一度嵌《は》め込み直す手法は、インサートと呼称され、映像編集の際には基本的なテクニックだ。

たとえば誰かと誰かが対話しているシーンがある。その誰かの言葉（音）はそのまま途切れることなく続きながら、もう一人の誰かの頷《うなず》く顔（映像）がカットつなぎで嵌め込まれていたとしたら、これはほぼ間違いなく、インサートが行われたと思っていい。

『職業欄はエスパー』で清田の話に頷いているかのように編集された彼女の表情は、実際には、清田の話のその箇所で頷いていたわけではない（カメラは一台しか現場にはないのだから、話している清田と頷く彼女とが同時に撮れるはずがない）。違う文脈で頷いていたのかもしれないし、清田ではなく秋山眞人や堤裕司が喋っていたときの頷きのリアクションである可能性だってある。実際にはどうであったかは、編集した僕にだってもうわからない。つまり誰かと誰かが対話しているシーンで、頷く誰かの表情は、本当の状況としてはありえないショットなのだ。嘘《うそ》であるといってもいい。

その意味ではインサートは相当に際《きわ》どい。映像だけではない。音の省略や入れ替えもできる。誰かの言葉を、一つのパラグラフとしてそのまま使ったとしても、前段と後段とを入れ替えるだけで、意味があっさりと逆転することがあることを僕らは知っている。「しかし」と「だから」を入れ替えるだけで、善人は悪人にもなるし悪人は善人になる。

また映像のインサートにおいても、頷きという同意の表情を挿入する場合もあれば、首を傾《かし》げたり苦笑するなどのネガティブな反応を入れる場合もある。言うまでもなく後者の場の雰囲気《ふんいき》は、前者とは大きく違う。和やかな場だったのか、あるいは険悪なひりひりとした場だったのか、その程度の創作など、僕ら映像表現行為従事者たちは編集機の前で、鼻歌を唄《うた》いながら五分でできる。

要するにインサートは、様々な映像や音の素材という事実の断片を材料にしながら、新たな時空間を再構成し、時には創《つく》りあげてしまう手法の一端だ。だからこそ映像表現行為従事者たちは、現場で知った「客観的な事実」など、いかに無価値で実相がないかを知っている。大切なことは、その場にいたときに自分が感知した「主観的な真実」だ。そうあらねばならないと主張しているわけではない。そうなってしまうのだ。

だからこそ自らが現場で獲得した真実を表出するために事実を虚構として再構成することに、良心の過剰な疼《うず》きなど不要であることも僕は知っている。少しだけ後ろめたさを意識の隅に引っかけながらも、表現はそもそもが自己表出であり、徹頭徹尾フィクションなのだと胸を張ればよい。

彼女のエッセイや小説を読んだことのある人なら、きっと誰もが、文中にちりばめられた豊饒《ほうじょう》でアイロニカルな文章のインサートに翻弄《ほんろう》され、時には啞然《あぜん》とし、時にはへとへとになりながら、でもどうしようもなく惹《ひ》かれてしまう体験が、少なからずあるに違いない。特に本書『根をもつこと、翼をもつこと』では、そのインサートが全開だ。

そうだ。私は感情的で自己中心的な女だ。(「真夏の夜の夢」)

絶望こそが希望であるなら、絶望していない私は希望も見いだしていないことになる。(「あの世の意味、この世の意味」)

なぜなら、私はもう次の瞬間には戦争のことも、宮良さんのことも忘れることができるのだ。(「私たちは、出会えるのだろうか?」)

怒っても、嘆いても、苦しんでも、しょせんは他人事《ひとごと》であり、私は痛くも痒《かゆ》くもないのだ。(「私たちは、出会えるのだろうか?」)

目に止まった箇所を引用した。まだまだあるはずだ。映像編集におけるインサートは、怜悧《れいり》な計算と強い作為とが必要になる。つまりある意味で、文章以上に確立された文法と技巧が要求される。

でもどうやら田口ランディは、映像表現行為従事者のように計算して、これらの文章を紡《つむ》ぐタイプではないようだ。いってみれば内部から直感的に自発するインサート。彼女が紡ぐ文章は、媒介ではなく、彼女の自己そのものである場合がとても多い。短絡とメタファーが未整理なまま渾然《こんぜん》としている。その帰結として、内側の過剰と表層の技巧とは激しく軋《きし》む。映像のインサートにおいて、映像と音がずれるように。活字に置き換えた瞬間に、彼女がつぶやく「これはあたしの気持ちそのままなのだろうか」との煩悶《はんもん》が、読者に感染して憑依《ひょうい》する。摩擦係数は上昇する。

だから彼女はもがく。喘《あえ》ぐ。時には見苦しいくらいに地団太を踏む。何をムキになっているのと言いたくなるほどに頑固《がんこ》になる。そんな自分の過剰さを彼女は知っている。知っているのに抑えられない。だから時々、とほほと嘆息する。

そんな彼女の、自己の内部をぐるぐると身悶《みもだ》えしながら一周した誠実さと結晶化される主体的な真実に、その揺るぎなさに、同時にそのアンビバレントな文章に、僕らはどうしようもなく惹かれる。シンクロしてしまう。

いつだったか、深夜の新宿ゴールデン街の路地裏で、ばったり彼女と出くわしたことがある。僕は編集者と一緒だった。そして彼女も、編集者や作家たちと一緒だった。帰るつもりだった僕と編集者は、強引に袖《そで》を引かれてもう一軒の店に寄った。狭い店内の椅子を埋めつくした一行は、大声で笑い、奇声をあげ、椅子の上で手拍子を打ちながら歌を唄った。

終電ギリギリで僕は席を立ったけれど、賑《にぎ》やかな座の真中で陽気に喋りながら彼女が、時おり胸の裡《うち》で、とほほとつぶやいていたことを知っている。明け方まで酒を飲み、熱海《あたみ》の家に帰る始発列車に乗り込むためにホームで一人になったとき、表情が別人のようにシオシオのパーに変わってしまうことも知っている。

実際に観《み》たことはもちろんない。でも知っている。

インターネットならぬインサートの女王は、走っては転び、起き上がっては壁にぶつかり、さらには溝に片足を突っ込んで、ぼろぼろになりながらもとにかく歩き続ける。過剰なインサートを持続するためには、過剰に歩き、過剰に聞き、過剰に見るしかないからだ。こうして彼女は書き続ける。がんばらない。あきらめない。わかったことにしない。とつぶやきながら。何と不器用な女だろう。そして、何と愚直な作家だろう。

だからこそ同時代にこんな作家がいてくれたことを、幸せだと僕はつくづく思う。がんばらない。あきらめない。わかったことにしない。このフレーズは僕にもシンクロした。そして憑依した。

まあもし彼女にそんなことを言ったなら、まずは大笑いのあとに一拍を置いてから、やっぱり「とほほ」と考え込むのだろうけれど。

（平成十八年五月、映画監督・作家）

この作品は二〇〇一年一〇月晶文社より刊行された。
文庫化に当たって以下を加えた。
「舟送り」「祈りと絶望」「生き果てる命」「北欧の沈まない太陽」
（初出『風の旅人』「いまここ、あるいは、ここではないどこか」①〜④
二〇〇五年一六号、一七号、二〇〇六年一八号、一九号）
「極楽浄土の屋久島」（初出『旅』二〇〇四年一〇月号）
「ゴミの起源」「私たちは、出会えるのだろうか」書下ろし

田口ランディ著
できれば
ムカつかずに生きたい

どうしたら自分らしく生きられるんだろう
――情報と身体を結びあわせる、まっすぐな言葉が胸を撃つ！　本領発揮のコラム集。

田口ランディ
寺門琢己著
からだのひみつ

整体師・琢己さんの言葉でランディさんが変わる――。からだと心のもつれをほどき、きれいな自分を取り戻す、読むサプリメント。

田口ランディ著
オカルト

友達への手紙のように、深夜の長電話のように、わたしが体験した不思議な世界を書いてみました――書下ろしを含む44編の掌編小説。

田口ランディ著
神様はいますか？

自分で考えることから、始めよう。この世界は呼びかけた者に答えてくれる。悩みつつも、ともに考える喜びを分かち合えるエッセイ。

田口ランディ著
馬鹿な男ほど愛おしい

最初の恋を、大切に！　それは一生の宝物。男&友情&自分の未来…悩み迷いつつ突き進んだ日々。せつなくて愛おしい恋愛エッセイ。

齋藤孝著
ムカツクからだ

ムカツクとはどんな状態なのか？　漠然とした否定的感覚に呪縛された心身にカツを入れ、そのエネルギーを、生きる力に変換しよう！

白洲正子著

おとこ友達との会話

赤瀬川原平、河合隼雄、多田富雄、養老孟司、ライアル・ワトソンら9人の才気溢れる男たちとの、談論風発、知的興奮に充ちた対談集。

白洲正子著

白洲正子自伝

この人はいわば、魂の薩摩隼人。美を体現した名人たちとの真剣勝負に生き、ものの裸形だけを見すえた人。韋駄天お正、かく語りき。

白洲正子著

両性具有の美

光源氏、西行、世阿弥、南方熊楠。美貌と知性で名を残した風流人たちと「魂の人」白洲正子の交歓。軽やかに綴る美学エッセイ。

白洲正子著

私の百人一首

「目利き」のガイドで味わう百人一首の歌の心。その味わいと歴史を知って、愛蔵の元禄時代のかるたを愛でつつ、風雅を楽しむ。

白洲正子著

名人は危うきに遊ぶ

本当の美しさを「もの」に見出し、育て、生かす。おのれの魂と向き合い悠久のエネルギィを触知した日々……。人生の豊熟を語る38篇。

白洲正子著

日本のたくみ

歴史と伝統に培われ、真に美しいものを目指して打ち込む人々。扇、染織、陶器から現代彫刻まで、様々な日本のたくみを紹介する。

沢木耕太郎著　バーボン・ストリート
講談社エッセイ賞受賞

ニュージャーナリズムの旗手が、バーボングラスを傾けながら贈るスポーツ、贅沢、賭け事、映画などについての珠玉のエッセイ15編。

沢木耕太郎著　人の砂漠

一体のミイラと英語まじりのノートを残して餓死した老女を探る「おばあさんが死んだ」等、社会の片隅に生きる人々をみつめたルポ。

沢木耕太郎著　深夜特急1
—香港・マカオ—

デリーからロンドンまで、乗合いバスで行こう——。26歳の〈私〉の、ユーラシア放浪が今始まった。いざ、遠路二万キロの彼方へ！

沢木耕太郎著　チェーン・スモーキング

古書店で、公衆電話で、深夜のタクシーで——同時代人の息遣いを伝えるエピソードの連鎖が、極上の短篇小説を思わせるエッセイ15篇。

沢木耕太郎著　彼らの流儀

男が砂漠に見たものは。大晦日の夜、女が迷ったのは……。彼と彼女たちの「生」全体を映し出す、一瞬の輝きを感知した33の物語。

沢木耕太郎著　シネマと書店とスタジアム

映画と本とスポーツ。この三つがあれば人生は寂しくない！　作品の魅力とプレーの裏側を鋭くとらえ、熱き思いを綴った99のコラム。

沢村貞子著　わたしの献立日記

毎日の献立と、ひと手間かける工夫やコツを紹介する台所仕事の嬉しい〝虎の巻〟。ふだんの暮らしを「食」から見直すエッセイ集。

澤地久枝著　琉球布紀行

琉球の布と作り手たちの生命の物語。沖縄に住んだ著者が、琉球の布に惹かれて訪ね歩いて知った、幾世代もの人生と多彩な布の魅力。

佐藤愛子著　私の遺言

北海道に山荘を建ててから始まった超常現象。霊能者との交流で霊の世界の実相を知り、懸命の浄化が始まる。著者渾身のメッセージ。

西岡常一
小川三夫著
塩野米松
木のいのち木のこころ〈天・地・人〉

〝個性〟を殺さず〝癖〟を生かす——人も木も、育て方、生かし方は同じだ。最後の宮大工とその弟子たちが充実した毎日を語り尽す。

須賀敦子著　トリエステの坂道

夜の空港、雨あがりの教会、ギリシア映画の男たち……、追憶の一かけらが、ミラノで共に生きた家族の賑やかな記憶を燃え立たせる。

瀬戸内寂聴著　かきおき草子

今日は締切り、明日は法話、ついには断食祈願まで。傘寿を目前にますます元気な寂聴さんの、パワフルかつ痛快無比な日常レポート。

梨木香歩著

裏庭

児童文学ファンタジー大賞受賞

荒れはてた洋館の、秘密の裏庭で声を聞いた——教えよう、君に。そして少女の孤独な魂は、冒険へと旅立った。自分に出会うために。

梨木香歩著

西の魔女が死んだ

学校に足が向かなくなった少女が、大好きな祖母から受けた魔女の手ほどき。何事も自分で決めるのが、魔女修行の肝心かなめで……。

梨木香歩著

からくりからくさ

祖母が暮らした古い家。糸を染め、機を織る、静かで、けれどもたしかな実感に満ちた日々。生命を支える新しい絆を心に深く伝える物語。

梨木香歩著

りかさん

持ち主と心を通わすことができる不思議な人形りかさんに導かれて、古い人形たちの遠い記憶に触れた時——。「ミケルの庭」を併録。

梨木香歩著

エンジェル エンジェル エンジェル

神様は天使になりきれない人間をゆるしてくださるのだろうか。コウコの嘆きがおばあちゃんの胸奥に眠る切ない記憶を呼び起こす。

梨木香歩著

春になったら苺を摘みに

「理解はできないが受け容れる」——日常を深く生き抜くことを自分に問い続ける著者が、物語の生れる場所で紡ぐ初めてのエッセイ。

根《ね》をもつこと、翼《つばさ》をもつこと

新潮文庫　た-75-6

平成十八年七月一日発行

著者　田口《たぐち》ランディ

発行者　佐藤隆信

発行所　株式会社 新潮社

郵便番号　一六二―八七一一
東京都新宿区矢来町七一
電話　編集部(〇三)三二六六―五四四〇
　　　読者係(〇三)三二六六―五一一一
http://www.shinchosha.co.jp

価格はカバーに表示してあります。

印刷・錦明印刷株式会社　製本・錦明印刷株式会社

ISBN4-10-141236-7 C0195